Hanna Johansen

*K*urnovelle

Carl Hanser Verlag

2 3 4 5 98 97 96 95 94

ISBN 3-446-17843-0

Gesamtherstellung: Friedrich Pustet, Regensburg
Printed in Germany

Es war ein sonniger Morgen, und als der Sechsuhrzug vorbeifuhr, schreckte ich aus dem Schlaf, aber nicht so, daß ich aufgewacht wäre. Es war nur ein Ruck. Er schob mich auf eine Stufe von leichterem Schlaf, wo dieser jedoch so durchsichtig wurde, daß mir war, als sei ich aufgewacht. Ich blieb in der sonderbar zähen Luft der Träume und hörte den Zug, als führe er gleich über mir vorbei, wo wir am Bahndamm in den Taubnesseln standen und zwischen sehr stachligen Zweigen nach kleinen roten Beeren suchten, wenn die Schule vorbei war. Ich aber war kein Schulkind mehr, hatte vielmehr ein gutes Stück Leben hinter mir, fühlte mich, als hätte ich schwere, nur ungenau benannte Krankheiten überstanden, versuchte schnell weiterzukommen und blieb trotzdem beim Weißdorn stehen, weil ein Kind, das noch zu klein war, um allein unterwegs zu sein, im Gehen an meiner Hand zu zerren begann und mich zurückzog. Es hatte die roten Beeren entdeckt. Kinder, wenn sie sich etwas in den Kopf gesetzt haben, können sehr heftig ziehen. Mir brach Schweiß aus, weil ich plötzlich nicht sicher war, ob Mehlbeeren wirklich eßbar sind, und vor Liebe. Das Kind an meiner Hand war klein. Seine Hand war klein. Seine Schultern und Füße waren klein. Ein rotes Kopftuch mit weißen Schmetterlingen trug es. Es machte sich zu schaffen auf eine unbestimmte Weise, wie Kinder es tun, wenn sie nicht mehr gehen wollen, und mir war, als hätte ich, da ich ja weiterwollte, gegen eine Strömung anzukämpfen, während das Kind sich losriß und ganz leicht und ohne jeden Widerstand am Weißdorn entlang- und in ihn hineinhüpfte. Ich sah es blutüberströmt herauskriechen, zerrissenen Stoff sah ich und daß ein Schuh fehlte. Aber das geschah nicht. Ich erwartete es bloß, weil ich mir als Kind an diesen Sträuchern die Arme blutig gerissen hatte. Ganz unversehrt kam es auf den Fußweg zurück und hielt mir ein Händchen hin, das bis oben mit roten Beeren gefüllt war. Die Sonne schien ihm aufs Haar. Schon verzog es sein Gesicht und spuckte zerbissene Beeren aus, weil sie vor allem aus Kernen bestanden, hörte aber mit dem Ausspeien nicht mehr auf, es spie, es spie und spie, und die Beeren quollen lautlos und rot zwischen seinen kleinen weißen Zähnen hervor, mir wurde kalt vor Schreck, und das Kind lächelte abwesend, als beträfe das Ausspeien es nicht.

Das muß aufhören, sagte ich. Dieses Kind gibt es nicht.

Ich lag, ohne mich zu rühren, wußte, daß ich wach war, wußte aber nicht, daß es ein sonniger Morgen war, weil ich das Traumlicht noch vor Augen hatte und weil die Traumbilder sich in schwächeren Schattierungen fortsetzten und mir immer wieder und wie von weit her die Qual des Zuschauens auferlegten.

6 So geht es mir jetzt mit dem Aufwachen.

Es war, als klammerte ich mich an die Mühsal dieser Bilder, wenn morgens Erinnerungen, Hoffnungen und Wünsche wach werden wollten, begleitet von einer durchdringenden Angst, aufwachen zu müssen. Dieser Zustand hielt meistens lange an, bevor mir in den Sinn kam, die Augen zu öffnen. Tat ich es, überwältigte mich ein Erstaunen über das Unvorhergesehene. Es war dann, als hätte ich einen trüben Morgen, Regen, Nebel oder doch wenigstens anhaltende Nacht erwartet. Dann kann es auch sein, daß das auf den gegenüberliegenden Häusern gleißende Licht mich verleitet zu meinen, ich sei nicht in dieser, sondern in einer andern Welt aufgewacht, obwohl ich vom Bett aus nicht diese Häuser, sondern nur ihren Abglanz zu sehen vermag, wie er sich auf einer älteren Mauer malt.
Und stand nicht das Bett in der falschen Ecke?
Als ich an diesem Morgen beim leiser werdenden Fahrgeräusch der Eisenbahn aus dem Schlaf auftauchte, wußte ich auch noch nicht, daß es nicht der Sechsuhrzug war, sondern der Halbsiebenuhrzug. Ich rollte mich wieder zusammen in der Meinung, viel Zeit zu haben. Es war gar nicht lange her, als noch der Fünfuhrzug Tag für Tag meinen Schlaf beendete und mit ihm meine Träume, meine Befürchtungen und all die kläglichen Rettungsversuche, zu denen der Mensch im Traum seine Zuflucht nimmt. Meine Morgenwirren wurden jäh beendet, als der Wecker zu klicken begann. Ich setzte mich auf die Bettkante. So sitzend kam mir in den Sinn, daß ich nicht aufzustehen brauchte, weil Samstag war.

Ich legte mich wieder aufs Bett. Ich griff nach dem Apfel, den ich mir abends bereitlege, um morgens besser aufzuwachen. Ich legte ihn wieder weg. Ich fragte mich, wie andere Leute ihre Tage beginnen. Viele schwören auf Gymnastik. Ich stellte mir die Katze vor, die ein paar Jahre bei uns zur Familie gehört und sich so bewegt hatte, wie wir es uns alle wünschten. Nie hatte ich gesehen, daß sie Morgengymnastik machte. Sie streckte sich, und das genügte. Oft habe ich gedacht, ich sollte das auch tun, um besser aufzuwachen.

Damals, beim ersten Versuch, stieß ich gegen die Wand, und ich nahm mir vor, bald umzuräumen.

Adam hat es nicht gern, wenn ein Bett mitten im Raum steht. Nicht daß er Angst hätte, herauszufallen. Es scheint eine Art von Anlehnungsbedürfnis zu sein, das niemand bei ihm erwarten würde, ein Wunsch nach Geborgenheit, wie sie ein Stück Wand am Kopfende vermittelt. Er würde andere Begründungen zu nennen wissen. Er hat viele Stimmen. Adam. Wir nennen ihn Adam. Eigentlich heißt er anders, aber er hat sich diesen Namen ausgesucht. Vor zwanzig Jahren war das, an einem dieser Regentage, an dem wir uns kennengelernt haben wie so viele Ehepaare. Unter meinem Schirm fragte er, wie ich heiße. Eva, sagte ich. Eva? Er war begeistert und erklärte, dann heiße er Adam. Von da an konnte er, wann immer er wollte, von Adam und Eva sprechen. Er hatte eine Vorliebe für solche Geschichten. Auf diese Weise wurden alle unsere Erlebnisse zu Geschichten von Adam und Eva. Erlebnisse ist vielleicht das falsche

Wort für das Hin und Her, wie es sich in einem gemeinsamen Leben abspielt, ohne daß je eine ordentliche Geschichte daraus wird. Nie mehr habe ich seinen wahren Namen gebraucht. Er übrigens hat seinen Eltern bis heute nicht verziehen, daß sie ihm in patriarchaler Anmaßung zwei Tage vor Kriegsende einen Namen angehängt haben, den er für ein politisches Bekenntnis in letzter Sekunde hält, während sie sich auf Wagner und seine herrlichen Sänger berufen. Soviel zur Vergangenheit.

Jahre später waren wir beide Lehrer geworden und lebten in unserer Fünfzimmerwohnung mit ihrem langen echoreichen Korridor nicht gerade wie Adam und Eva im Garten Eden. Das aber war gut so, denn zum einen haben wir gern auf paradiesische Zustände verzichtet, die ja unweigerlich mit einer Vertreibung enden, und zum andern hatten wir bald drei Töchter, von denen im Gegensatz zu den Kindern unserer Ureltern keine je die andere erschlagen oder erwürgt hat, obwohl ihre Auseinandersetzungen sich, jedenfalls in den ersten Jahren, durchdringend anhören konnten. Im Schlafzimmer hatten wir aber eine schwarzweiße Abbildung unserer Namensvettern aufgehängt. Das Sujet, fanden wir bald heraus, war ein wenig aus der Mode gekommen, allein schon deshalb, weil die Maler, Kupferstecher und Bildhauer seit der Wiederentdeckung der Antike keine biblischen Zwänge mehr vorschieben mußten, wenn ihnen danach war, menschliche, also vor allem weibliche Haut mehr oder weniger nackt abzubilden. Es war ja im Gegenteil bald so, daß Maler sich geradezu entschuldigen mußten, wenn sie das nicht taten.

Unser Bild stammte nicht aus den ersten Rängen der Kunstgeschichte, wo man sich, was das Personal betrifft, meistens auf das Wesentliche beschränkt hat. Wir wollten mehr und hatten nach einigem Suchen ein sehr schönes schwarzweiß reproduziertes Bild gefunden und vergrößern lassen, an dem wir beide hingen, wenn auch nicht auf die gleiche Weise. Mann und Frau kurz nach der Erfindung der Schamhaftigkeit, umwachsen von gesegneter Vegetation, wie man sie heute überall nicht nur auf Reiseprospekten, sondern vor allem in den zu Breitwandformaten ausgebauten Fensterbänken findet, sowie umflattert und umkrochen von andern Lebewesen, die sich schon zu diesem frühen Zeitpunkt der Schöpfung für ein Leben zu zweit entschieden hatten, als die beiden Zweibeiner sich etwas verschafften, was als erste Erkenntnis galt.

Dieses Bild war übrigens nur unsere erste, aber nicht die einzige Darstellung der Ureltern. Mit den Jahren wurden wir die unfreiwilligen Besitzer einer ziemlich umfangreichen Sammlung von Abbildungen von Adam und Eva, denn Freunde und Verwandte, glücklich, daß wir so leicht zu beschenken waren, verwöhnten uns unermüdlich mit den allerpersönlichsten Gegenständen, die sie für uns immer von neuem aufzutreiben wußten.

Aber nur unser Schlafzimmerbild zeigt so liebevoll, wie der Garten Eden in den guten Zeiten nicht von unserm Paar allein, sondern von vielerlei Leben bewohnt wurde. Schmetterlinge leuchteten zwischen den Verzweigungen des Laubwerks, Vögel sangen, Bienen summten, Schafe weideten und Tiger richteten ihre gläsern funkelnden Augen auf uns. Die Spinne war nicht vergessen worden, zwei Exemplare waren zu sehen in liebender Vereinigung in einem geometrischen Netz. Tautropfen fielen von seinen Fäden und spiegelten himmlisches Licht.
Außerdem waren eine ganze Menge Tauben abgebildet, von denen mindestens zwei sichtbar und in ihre unablässigen Turteleien vertieft waren, auch sie gegen die Gepflogenheiten der Bildtradition. Da die Tauben wie wir im Laufe der Geschichte aus dem Paradies ausgewandert und in die Städte übergesiedelt sind, erschienen sie uns seltsam anachronistisch. Wir waren uns außerdem, was Tauben im allgemeinen betraf, nicht einig. Adam sah diesen allgegenwärtigen Vögeln bei unseren seltenen Spaziergängen gern zu und freute sich an ihrer offensichtlichen Treulosigkeit, während ich sie nicht mochte. Man muß ja nicht so weit gehen, sie fliegende Ratten zu nennen, wie es der Dichter tut. Aber mir wäre lieber, sie würden sich nicht überall zu unsern Häupten ansiedeln und nur an ihre Vermehrung denken. Fast nur, korrigierte ich mich. Und jede Menge Krankheiten.
Wie kann man sich nur so anstellen, sagte Adam. Wegen nichts.

Zwölf Kilo Scheiße, sagte ich zu meinem Mann. Pro Jahr. Ist das nichts?
Doch zurück zu den ersten Menschen.
Die Geschichte im Garten Eden scheint sich, wenn wir den Bildern glauben wollen, um einen Apfel gedreht zu haben. Wir zweifelten allerdings von Anfang an daran, daß der Apfel, um den die verschämten Vorfahren das ganze Hin und Her veranstalten, wirklich ein Apfel sein konnte, und schoben diese Gewohnheit der bildlichen Überlieferung auf die Weltunerfahrenheit der hiesigen Künstler. Denn wenn Adam und Eva gleich nach den ersten Bissen erschrocken Feigenblätter abreißen, um sich damit zu bedecken, werden sie die wohl nicht von einem Apfelbaum haben, und daß sie erst längere Wanderungen unternehmen mußten, mochten wir bei der Plötzlichkeit, mit der die Erkenntnis sie traf, auch nicht annehmen. Außerdem, was wäre das für ein Paradies, wenn es nicht voller Feigenbäume stünde?
Falls es aber doch ein Apfel war, muß es ein Granny Smith gewesen sein, darüber waren wir uns einig, Adam und ich. Die hatten wir am liebsten, boykottierten sie aber aus politischen Gründen, solange sie aus dem Lande der Rassendiskriminierung kamen, und hätten uns auch durch keine Schlange in Versuchung führen lassen. Nur als es hieß, sie kämen jetzt alle aus einheimischem Anbau, wußten wir nicht, wem wir glauben und was wir tun sollten.
Die Schlange auf unserm Gemälde war von kräftigem Körperbau, schön gewunden und ohne jeden bösartigen Gesichtsausdruck. Sie gefiel uns

beiden, obwohl wir daran zweifelten, daß sie etwas von Früchten verstand. Als unsere Kinder zur Welt gekommen waren, fiel uns gelegentlich ein, daß wir auf der Suche nach unserm Schlafzimmerbild Paradiesbäume gesehen hatten, aus denen Schlangen in der Gestalt von lockenköpfigen und vermutlich weiblichen Kleinkindern mit Patschhändchen die verbotene Frucht herunterreichten. Wir sahen uns an und lachten.

Die Szene enthielt noch mehr Ungereimtheiten als die mit den Früchten. Mir schien immer, daß Eva weniger wegen der Schlange von dem Baum essen wollte, als weil sie fand, daß er ein lustiger Baum wäre, weil er klug machte, wie es in meinem Buch stand, und das gefiel mir sehr. Und daß sie ihrem Mann auch davon gab, wurde ihr jahrtausendelang angekreidet, so daß ich mich manchmal gewundert habe, wie man nach einer solchen Vorgeschichte bei der späteren Arbeitsteilung den Frauen das Ernährungswesen anvertrauen konnte. Mußte man nicht das Schlimmste befürchten?

Mit Adam habe ich darüber nie gesprochen, um die häusliche Harmonie nicht über Gebühr zu beanspruchen, welche sich in unserer gemeinsamen Einschätzung der Apfelsorten so überzeugend ausdrückte.

Wenn etwas Zwietracht zwischen uns auslöste, dann waren es Schmetterlinge. Auch sie gab es auf unserm Bild, begleitet von ihren Raupen. Zitronenfalter, Trauermäntel mit gepunkteten Säumen. Hier im Leben kann ich mich nicht satt sehen, sobald einer auftaucht. Ich bleibe dann ste-

hen und richte all mein Vorstellungsvermögen auf den erstaunlichen Flug dieser Tiere. Taumelnd wissen sie, was sie zu tun haben, und sind doch nie in Eile. Immer sehe ich dann auch die samtschwarz ausgeschlagenen Glaskästen vor mir, mit denen das Hotel an der Ostsee geschmückt war, wo meine Mutter und ich unsere einzigen zwei Ferienwochen verbracht haben. Ich war vier, und in diesen Kästen waren zaubrische Schmetterlinge zu Hunderten auf silberne Nadeln gespießt. Heimlich begann ich zu fürchten, das sei die einzige Art, Schmetterlinge anzusehen. Zwischen der Erinnerung und dem leibhaftig flatternden Leben überschlägt mein Herz ein paar Takte. Mir ist, als wäre ich es, die fliegt. Mich schwindelt. Ich höre nicht mehr, was man zu mir sagt. Ich bin wie ausgeschaltet, und alles um mich herum wird ganz leicht.
Adam nimmt irgendwann meinen Ellbogen und führt mich in diese Welt zurück.
Fliegende Raupen, sagt er dann in einer Stimmlage, die seine Gereiztheit nur oberflächlich zudeckt, gerade genug, damit man ihm nichts nachweisen kann, aber doch hinreichend deutlich, daß ich mich vor den Kopf gestoßen fühle. Dazu ist ja nach so vielen Jahren gemeinsamen Lebens nur noch sehr wenig nötig. Ein unmerklicher Wink mit der Stimme, eine wie zufällig unterlassene minimale Absenkung des Tons, auf deren Fehlen eine Ehefrau geübt ist, mit Panik zu reagieren, das genügt. Ästhetische und moralische Argumente werden hinfällig. Aber auch vernünftige und das menschliche Herz anrührende Überlegungen wie

die, daß das Leben eines Schmetterlings, wenn man vom überwinternden Tagpfauenauge absieht, nur wenige Tage oder Wochen beträgt oder daß ein männliches Tier die Frau, die es sucht, über eine Entfernung von elf Kilometern riechen und dann auch finden kann, nützen bei solcher Meinungsverschiedenheit nichts und machen sie im Gegenteil nur schlimmer.
Heuschrecken wandern auch, höre ich Adam gerade noch sagen, bevor ein Güterzug ihm das Wort abschneidet, der so schrill ist und so scheppert und so lange nicht damit aufhört, daß er das Meer meiner Erinnerungen nicht nur mühelos durchteilt, sondern es ganz davonstieben und mich mit andern Überlegungen daraus auftauchen läßt.
Müßte ich nicht doch aufstehen, frage ich mich.
Und ist wirklich genug zu essen da fürs Wochenende? Ja, das ist es. Was braucht man schon. Ich kämpfe gegen eine alteingesessene Gewohnheit, von allem zuviel zu kaufen, nicht aus Verschwendung, eher aus Sparsamkeit, damit man nicht plötzlich und Hals über Kopf aus dem Haus muß, nur weil es an irgendeiner unentbehrlichen Kleinigkeit fehlt. Außerdem war jahrelang das, was aussah, als wäre es zuviel, meistens eher zuwenig. Jetzt, da ich die Vorratshaltung endlich aufgeben will, zeigt sich, daß das gar nicht so einfach ist, weil die Gewohnheit tiefer sitzt, als ich dachte, und geradezu zu mir zu gehören scheint, so daß ich, wenn ich tatsächlich nur noch das kaufe, was ich heute oder morgen brauche, gar nicht mehr weiß, wer ich bin. Ist es möglich, denke ich dann, daß

einem sinnlose Handlungen festen Boden unter den Füßen geben?

Die Anfänge des Umdenkens liegen eine Weile zurück.

Vor mehr als einem Jahr hatte unsere Zweitälteste entdeckt, daß all die Arbeiten, mit denen ich meine Tage im Haushalt zubrachte, besser ungetan bleiben sollten, weil sie von den wichtigen Fragen in unserer Gesellschaft ablenken. Im Grunde meines Herzens war ich bereit, ihr zuzustimmen. Kinder zu haben hat ja den großen Vorteil, daß sie uns eines Tages aus langjährigen Gewohnheiten zu reißen und zu wahren Werten zurückzuführen versuchen. Trotzdem habe ich es nicht gern, wenn mich die ungetane Arbeit allzulange anstarrt. Meine Zweite hat es übrigens auch nicht so gern, wie man meinen sollte. Sie sagt zwar: Es stört mich nicht. Sie sagt es aber vor allem dann, wenn es an ihr wäre, einmal etwas für das gemeinsame Leben zu tun.

Es gibt wirklich Wichtigeres, sagt sie dann.

Ich hatte keine Ahnung, wie ich eine solche Überlegung auf meinen Alltag anwenden sollte. Ich dachte: warum muß ich mein Leben ändern, wenn meine Tochter auf keinen Fall so leben will wie ich? Brauchte sie wirklich ein Vorbild der neuen Art in ihrem eigenen Haushalt? So schien es. Nur den Kopf über mich zu schütteln, war ihr zuwenig. Sie wollte Ergebnisse sehen. Mir genügte die Vorstellung, daß sie, ganz unabhängig von mir, einmal alles ganz anders machen wird. Ihr nicht.

Du brauchst mich nicht zu erziehen, sagte sie.

Du brauchst mich auch nicht zu versorgen, fügte sie hinzu.
Sabine faßte ihre Überlegungen zusammen in dem Satz: Du verschwendest deine Zeit.
Vielleicht hast du recht, gab ich eines Tages zur Antwort.
Sie wirkte ziemlich erschrocken. Vielleicht wollte sie mich gar nicht überzeugen, dachte ich später. Denn als ich anfing, ihre Grundsätze ernst zu nehmen und danach zu handeln, fand sie neue Schauplätze für ihre Einwände. Wenn ich mich richtig erinnere, hörte ich im Winter nach und nach auf, meine häuslichen Pflichten zu erledigen. So eine Formulierung faßt meine Lebensweise in jenem Jahr natürlich nur sehr unvollkommen zusammen. Und darüber hinaus hat ein Mann, der den Tag mit anstrengenden Schulklassen verbringt und abends erschöpft von der schlechten Luft und den vielen Menschen zurückkommt und Stapel von Heften zum Korrigieren mitbringt, es nicht gern, wenn die Dinge zu Hause nicht rund laufen. Er verträgt es auch nicht gut, wenn die Betten nicht gemacht, die Küchensachen nicht aufgeräumt und die Hemden nicht gebügelt sind. Es mußte etwas geschehen, und weil mir glücklicherweise auch Schmerzen an allen Gliedern das Leben zur Hölle machten, kam der Gedanke auf, daß ich eine Kur brauchte. Das schien zuerst schwierig, weil Adam mich nicht begleiten konnte. Dann aber entdeckten wir die Möglichkeit, daß ich allein fuhr. Unmöglich, sagte ich. Jede Frau, die zwei Jahrzehnte lang nur mit ihrer Familie unterwegs war, weiß, daß diese Möglichkeit, so

verlockend sie ist, als unmöglich erscheint. Adam aber war so fest entschlossen, meinen alten Zustand wiederherzustellen, daß er mich von der Möglichkeit einer solchen Reise überzeugte.
Willst du mich loswerden? sagte ich.
Ich stieg also an einem Februarmorgen am Hauptbahnhof in einen Zug, vollkommen erschöpft von den unzähligen Vorbereitungen, die nötig werden, damit eine Familie eine Weile ohne Hausfrau überleben kann. Der Mann macht ein Testament, bevor er verreist. Die Frau hat anderes zu tun. Und nach all den tatsächlichen Vorbereitungen kam mir, als ich den für mich reservierten Platz gefunden und mich hingesetzt hatte, die Reise kaum möglicher vor. Aber am Abend des gleichen Februartages packte ich wirklich Kleider für drei Wochen in einen Hotelschrank und sah unablässig auf die Uhr, bis es soweit war, in den Speisesaal hinunterzufahren. Dort wartete ich an einem für eine Person gedeckten Tisch mit einer Nelke auf ein Essen von mindestens drei Gängen, während ich auf dem getippten Speisezettel wieder und wieder die Auswahlmöglichkeiten durchsah. Was soll man sonst tun, wenn man die andern Gäste nicht allzu unverhohlen anstarren möchte? Ein Wörterbuch, das ich vorsichtshalber eingesteckt hatte, konnte ich in der Tasche lassen. Der Zettel war auf deutsch abgefaßt und mit ein paar liebenswürdigen Fehlern geschmückt. Ich hatte übrigens nicht nur ein Wörterbuch, sondern auch eins mit Sprachlektionen für Anfänger mitgebracht, weil ich die Gelegenheit nicht verstreichen lassen wollte, ohne etwas für meine Fremdspra-

chenkenntnisse zu tun. Was fängt man sonst mit so viel allein verbrachter Zeit an? Es schien aber gar nicht nötig zu sein, daß man Italienisch sprach. Alle gaben sich die größte Mühe mit dem Deutschen. Und an den Tischen, die in meiner Nähe waren, saß kaum ein Paar, das nicht irgendeine Art von Deutsch miteinander sprach.
Der Speisesaal war so groß, wie ich mir die Kantine in einem Großbetrieb vorstellte, aber ganz anders ausgestattet. Das Hotel Paradiso legte Wert auf etwas, das in den Prospekten gepflegtes Ambiente genannt wurde. Grünpflanzen, Licht, Musik. Extravaganzen dagegen waren so sorgfältig vermieden worden, daß ich ohne weiteres annahm, mindestens die Hälfte aller Speisesäle am Ort müßte diesem gleichen wie ein Ei dem andern.
Als die paarweise angereisten Gäste nach dem Essen zur Bar hinübergingen oder einen Espresso in der Halle tranken, fuhr ich wieder nach oben. Das Zimmer war sehr geheizt. Das war mir recht, denn ich friere nicht gern. Ich saß in einem blau geblümten Sessel, hatte ein viergängiges Menu mit kaltem Spanferkel im Magen, euganeischen Landwein im Kopf und nichts zu tun. Das war so neu und verwirrend, daß mir schwindlig wurde. Alles um mich herum war weiß, blau oder blauweiß gemustert. Ich ging ins Bett und schlief sofort ein.
Ganz in der Ferne fuhr ein Zug vorbei. Es war schon Morgen. Zu früh für das Frühstück. Ich schlief wieder ein, bis ich das Frühstück fast versäumt hatte, sprang auf, zog irgend etwas an und rannte zum Lift.

Im Frühstücksraum waren so viele Leute, daß es schien, als achte man dort nicht aufeinander. Man suchte seinen Platz selber. Ich freute mich darauf, hier jeden Morgen einen andern Platz zu nehmen und mich darauf zu freuen, daß es jeden Abend im Speisesaal der gleiche sein würde. Viel Milch und ebensoviel Kaffee kam auf den Tisch.

Kurz vor meiner Abreise hatte ich in der Wissenschaftsbeilage unserer Zeitung einen Artikel über Milchkaffee gefunden, aber keine Zeit gehabt, ihn zu lesen, weil ich mit dem Kofferpacken zwar fertig war, aber mit den übrigen Vorbereitungen bis zur letzten Sekunde mehr zu tun hatte, als ein vernünftiger Mensch leisten kann. Ich war vollkommen ungeübt darin, drei Wochen Haushalt im voraus zu erledigen. Kein Wunder, daß eine Familie sagt, wir schaffen das schon allein, wenn sie voraussetzen, daß alles vorbereitet und gemacht ist oder aber später, wenn die Hausfrau wieder da ist, gemacht wird. Gut. Aus diesem Grunde hatte ich eine ganze Mappe mit interessanten Zeitungsausschnitten mitgenommen und ein paar von den Büchern, die ich seit langem gelesen haben wollte. Um es gleich zu sagen, die meisten habe ich mehr oder weniger ungelesen wieder mit nach Hause genommen, weil keins von den Büchern hielt, was ich mir davon versprochen hatte, was zweifellos an mir lag. Man soll sich von Büchern wohl doch nicht zuviel versprechen.
 Oder ich hatte zuviel anderes im Kopf. Einzig

jener eine Artikel aus der Wissenschaftsbeilage vermochte mich zu fesseln. Gleich nach dem ersten Hotelfrühstück stieß ich auf ihn. Ich hätte es nicht für möglich gehalten: seit ich zurückdenken konnte, hat man mich gedrängt, den Kaffee mit Milch zu mischen, weil das besser sei für den Magen. Ich hatte diese Aufforderung ebenso dringlich an meine Töchter weitergegeben, die vor kurzem in die Jahre gekommen sind, wo der Mensch Kaffee schätzt, und nahezu täglich Diskussionen darüber vom Zaun brachen, daß sie ihren Kaffee schwarz trinken wollten. Das wäre auch mir das liebste gewesen, aber wozu haben wir unsere Vernunft mitbekommen, wenn nicht, um nach ihr zu handeln? Und war es nicht unsere Urmutter im Paradies, welche nach der Frucht der Erkenntnis gegriffen und ihrem Gefährten großzügig davon abgegeben hat, ohne daß es ihr gedankt wurde? Nun aber hatte ein Wissenschaftler das Thema Kaffee untersucht und herausgefunden, daß dieser zwar, wie wir alle wissen, für den Magen ein Problem darstellt, daß dieses Problem aber durch Hinzufügen von Milch nicht etwa gelöst, sondern verschärft wird. Milch scheint durchaus nicht immer das Beschwichtigungsmittel zu sein, als das sie gilt. Jahrzehntelang hatte ich mich also im Glauben, das Richtige zu tun, umsonst überwunden.

Der Kaffee im Hotel war, wie es sich gehörte, so herb, daß er ohne Milch ungenießbar war. Ich bestellte also jeden Morgen das, was ich mir vor Jahren aufgrund von vernünftigen Argumenten widerwillig angewöhnt hatte, Caffe latte, nun

ohne das tröstliche Gefühl, etwas für meine Gesundheit zu tun. Mit dem gesünderen Leben beschloß ich zu Hause anzufangen, wo der Kaffee nicht die südländische Bitterkeit hat.
Mit der Zeit fielen mir mehr Dinge ein, die ich zu Hause besser machen wollte als früher. Ich legte eine Liste an, um mich später an alles zu erinnern. Davon versprach ich mir, die Wirkung der Kur zu verstärken. Denn was soll eine Kur anderes sein als ein Weg zum besseren Leben? Der Kaffee stellte nur den ersten und einfachsten Punkt in einer langen Reihe von guten Vorsätzen dar. Viele hatten mit dem Vergehen von Zeit zu tun und damit, wie ich in der Zukunft besseren Gebrauch von diesem kostbaren Gut machen wollte. Bei den andern ging es um meine Nächsten und, da der Mensch, wenn er etwas ändern will, bei sich selber anfangen soll, um die Aufmerksamkeit und Geduld, die ich ihnen zuwenden wollte.
Ich legte den Zeitungsbericht in die Mappe zurück und kauerte mich wieder aufs Bett. In einer Broschüre las ich alles Wissenswerte über zweitausendsiebenhundert Jahre Thermalbadgeschichte, staunte über die heißen Quellen und darüber, daß es Regenwasser aus den Dolomiten war, welches aus dreitausend Metern Tiefe ausgerechnet in der Provinz Padua an die Oberfläche stieg, weil sich am südlichen Ende des euganeischen Beckens tiefliegende Barrieren ihm entgegenstellten, und darüber, daß es für diese Reise fünfundzwanzig Jahre gebraucht hatte, zog mir dann die Badesachen an und ging ins Thermalbad hinunter, aus dem mir noch mehr als die schon gewohnte

Hitze entgegenschlug, weil Dämpfe aus den beiden Becken aufstiegen, so daß ich einen Augenblick nach Luft schnappte, während ein junger Mann in weißer Baumwolle bei den Kabinen mit Putzarbeiten beschäftigt war und seine Besenstiele mit den nassen Tüchern in einem erstaunlich angenehmen Rhythmus bewegte. Die Art, wie sein Haar geschnitten war, dachte ich unwillkürlich, würde auch an Adam gut aussehen. Menschen in weißen Frotteemänteln gingen über die weißen Kacheln oder lagen auf weißen Plastikliegestühlen.

Ich stieg ins Wasser, welches nach seiner wunderbaren Reise in der Tiefe zwar abgekühlt wurde, aber immer noch fünfunddreißig Grad warm war und in dem man sich nicht länger als zwanzig Minuten aufhalten sollte, weil es sich unterwegs so mit chemischen Elementen aller Art aufgeladen hat, daß es dem Kurgast, der ja naturgemäß nicht der stärkste ist, auch gefährlich werden kann. Langsam schwamm ich durch die heiße graugrüne Flüssigkeit, stellte mir die ungeheuren Zeiträume fließenden Wassers vor, versuchte mich darauf zu besinnen, was ich vor fünfundzwanzig Jahren gemacht hatte, als dieses Wasser aus seiner Regenwolke auf die Dolomiten gefallen war, und dachte lange darüber nach, wie ich damals unterlassen hatte, eine erste Liebe zu erleben, weil ich es vorzog, gleich auf Adam zu warten, und vergaß, auf die Uhr zu sehen.

Erst nach fast einer Stunde, verblüffend matt geworden, richtete ich mich auf einer der vielen weißen Liegen ein, vor mir ein drittes Becken, das sich hinter einer Glasfront weiter in den Garten hineinzog und mit seiner unruhigen Oberfläche bewegte Lichtspiele an die Decke reflektierte, die ich eine Weile anstarrte. Dann ließ ich meine Augen zufallen, verwundert darüber, daß ich es war, die hier nach einem heißen Bad, statt zu ihren täglichen Pflichten nach Hause zu eilen, einfach die Beine hochlegte. Zu Hause wäre ich mir alt vorgekommen. Hier in meinem neuen Badeanzug fühlte ich mich ausgesprochen gut. Ich staunte von neuem, daß er wirklich aussah wie ein Badeanzug. Als ich ihn in einer Ausverkaufskiste entdeckt hatte, war ich nicht so sicher gewesen. Ich hatte ein schönes Grün herausgezogen und etwas in der Hand gehabt, das aus Stoffen in fünf oder sechs leuchtenden Farben zusammengesetzt war zu einem Gegenstand, der auf irgendeine Weise als Kleidungsstück dienen sollte. Ich drehte das prächtig gefärbte Etwas mit allen seinen Fortsätzen hin und her, entdeckte eine gewisse Symmetrie, konnte aber seinen Sinn nicht durchschauen, und weil ich das zum ersten Mal erlebte, kaufte ich. Es kostete nur soviel wie die Fahrkarte für den Bus. Außerdem gefielen mir die Farben. Was ich als Hypothese schon vermutet hatte, erwies sich zu Hause in der Praxis als richtig: es war möglich, das Ding als Badeanzug zu benutzen. Ich war dennoch nie ganz sicher, ob ich richtig verstanden hatte, und hielt immer für möglich, daß es sich irgendwann als etwas ganz anderes erweisen würde. Das mochte ich sehr.

Ich hörte die Stimme meiner Ältesten. Sie hatte mich vorsichtig angesehen und dann gesagt:

Weißt du, dieser Badeanzug steht dir nicht. Für den Bruchteil einer Sekunde war ich trotzig gewesen aus Enttäuschung. Dann war ich bereit zuzugeben, daß er an ihr viel besser aussah. Na und? dachte ich bei mir. Wäre das nicht bei jedem andern Badeanzug auch der Fall? Ich beschloß also, ihn zu behalten. Seither geht mir diese Szene durch den Kopf, und jedesmal zucke ich zusammen beim Gedanken, wie verblüfft meine Tochter war. Ich mußte etwas falsch gemacht haben, wenn sie gar nicht auf den Gedanken kam, daß ich ihn für mich und nicht für sie gekauft hatte.

Und jetzt lag ich am hellen Tag fünf- oder sechsfarbig mit geschlossenen Augen auf einer mit einem weißen Hotelbademantel ausgelegten Liege und hörte der beschleunigten Arbeit meines Herzens zu.

Zwölfuhrnulldreieinundfünfzig, hörte ich eine Stimme sagen.

Bitte? sagte eine andere.

Zwölfuhrnulldreiachtundfünfzig. Zwölf Uhr vier. Dann haben wir ja noch Zeit. Danke.

Die Uhr ist sehr genau, sagte die erste Stimme. Zwanzigtausend Franken.

Was ist es? war die andere Stimme so freundlich zu fragen.

Das hätte ich jetzt nicht gesagt, dachte ich. Und, womit ich noch weniger gerechnet hatte: die Frage wurde beantwortet.

ITA. Sehen Sie?

Die Abkürzung sagte mir nichts, schien aber für andere eine unmittelbar einleuchtende Aussage zu machen. Ich nahm an, daß in dem zehn bis zwanzig Sekunden andauernden Schweigen die Uhr gezeigt und betrachtet wurde, bin dessen zwar nicht ganz sicher, aber was hätten die beiden Herren anderes tun sollen? Dann folgte, überraschend für mich, weil meine Gedanken schon anderswo waren und dem Rhythmus des Wassers folgten, dessen Reflexionen nun, da zwei Schwimmer die Oberfläche unterbrachen, neue bewegte Bilder an die Decke warfen, die Geschichte dieser Uhr, wie sie einmal in einem Bad wie diesem angeschlagen und stillgestanden sei und dann innerhalb von drei Tagen von der International Time Association, an deren Zweigstelle der Besitzer sie mit einem ausführlichen und hier in der klingenden Akustik der Ruhehalle ausführlich und auswendig zitierten Brief geschickt habe, repariert und revidiert und ganz wie neu zurückgekommen sei, ohne daß ein Rappen dafür verlangt worden wäre.

Die Stimme gehörte zu einem Herrn in den besten Jahren des frühen Alters, der nach seiner schönen, weithin hörbaren Rede jetzt in meiner Richtung unterwegs war und den Vorgang des Vorübergehens allmählich verlangsamte, um ihn so zu einer Art von Annäherung umzugestalten und, so nahm ich an, mir die genaue Uhrzeit durchzugeben, was er auch wirklich tat. Ich konnte nicht anders und brach in Lachen aus, laut und fröhlich.

Das gefällt mir, sagte er und setzte sich geschickt, als täte er es nicht zum erstenmal, auf den winzigen Tisch, der zu Füßen meines Liegestuhls auf mein Buch und meine Taschentücher wartete, sich jedoch erstaunlicherweise nicht wehrte, als statt dessen das Hinterteil eines Herrn kam. Ich nahm an, er hätte ein Auge auf meinen Badeanzug geworfen, aber so war es nicht. Er hatte vor, mich nach meinem Vormittag zu fragen und, nachdem ich naturgemäß freundlich und kurz geantwortet hatte, mir den seinen sehr genau zu erzählen, da dieser sich in einem überaus empfehlenswerten Spaziergang auf dem Monte Cesa oder etwas Ähnlichem abgespielt hatte. Man erreiche diesen Berg, der vom Hotel aus leider nicht, draußen aber sehr bald zu sehen sei, indem man rechts aus dem Garten trete, dann der Straße folge, jedoch auf keinen Fall den Weg zur Villa Draghi einschlage, denn das sei eine ganz andere Richtung, man komme später an einem Hotel vorbei, dessen Name, als er ihn in dieser Ruhehalle aussprach, etwas verblüffend Selbstverständliches hatte, so daß ich in jenem Augenblick ihn für alle Zukunft im Sinn zu behalten glaubte, worin ich mich aber irrte, gehe weiter, sehe bereits viel vom Ort im Tal liegen, nicht jedoch die Villa Draghi, man steige zügig, aber immer bequem und auf trockenen Wegen, und, das überrasche mich vielleicht, man müsse das Restaurant unbedingt links liegenlassen, denn wer von dort aus weiterzukommen meine, irre und müsse ein gutes Stück zurückgehen, und man solle auf keinen Fall der beschilderten Straße folgen, denn eine kleine Gruppe von Spaziergängern, die er das habe tun sehen, seien nicht nur lange Zeit nach ihm noch nicht oben gewesen, sondern, wie sich später zeigte, wieder umgekehrt, weil der Weg zu unbequem, zu naß und zu weit gewesen sei, während er höchstens einmal für fünfzig Meter unfesten Grund unter den Füßen gehabt und einzigartige An- und Ausblicke genossen habe, einer kleinen Schlucht folgend, in der, wenn man in der kommenden Woche noch einmal hinaufginge, die zahllosen Knospen der Leberblümchen, die wegen ihrer lila Blütensterne und herzförmigen Blätter bekannt und sehenswert seien, zweifellos aufgeblüht sein würden, während der Boden jetzt übersät sei von Schneeglöckchen, und zwar nicht den großen Märzenbechern, sondern den echten kleinen, die ja auch, wenn man, den Weg zur Villa Draghi unterhalb des Tores verlassend, weiterginge, in großer Zahl verbreitet seien, und am Ende, erzählte er, werde es ein wenig felsig, nicht so sehr, daß man Hilfen benötige, nur ein wenig, so daß es mit gutem Schuhwerk leicht zu bewältigen sei, auch ohne daß man die Hände zu Hilfe nehmen müsse, was überaus lohnend sei, da man bald von oben eine einzigartige Aussicht genieße, auf den Ort, bei gutem Wetter weit in die Ebene, bei sehr klarer Luft bis nach Padua und weiter, und wenn man schließlich ins Hotel zurückkehre, das man von oben auch sehr reizend wahrnehme, habe man im ganzen zwei Stunden gebraucht, ohne daß man ein geübter Wanderer sein müsse, denn er sei heute mit einem Ehepaar unterwegs gewesen, und die Frau sei ihm, nachdem sie zu Anfang sich nicht mehr imstande gefühlt habe, größere Touren zu machen, und deshalb gar nicht habe teilnehmen wollen, sehr dankbar gewesen.

 Das klingt verlockend, sagte ich in eine Pause

hinein, auf meiner weißlackierten Liege in meinem weißen Hotelbademantel ruhend, den ich unterdessen um mich geschlagen hatte, während er mit einem identischen Bademantel noch auf dem filigranen Tischchen saß. Ich achte sonst sehr darauf, die Wahrheit zu sagen, aber in dieser Situation schien mir eine kleine Abweichung erlaubt. Danach sagte ich nichts mehr.

Als er gegangen war, legte ich mein Buch auf das Tischchen, lehnte mich wieder zurück und überlegte, wie es möglich war, den Berg vom Hotel aus nicht zu sehen, vom Berg aus jedoch das Hotel. Ich konnte das Rätsel bis zum Mittagessen nicht lösen. Der Herr mit der teuren Uhr saß glücklicherweise so weit entfernt, daß ich nicht in Versuchung kam, ihn zu fragen.

Am Nachmittag kam der Arzt, denn bevor man irgend etwas auf sich anwenden lassen darf, ist man, nach längerem Warten in noch heißeren Räumen, zu einer Konsultation verpflichtet, bei der nichts anderes herauskommt als eine Antwort auf die Frage, ob man möglicherweise in den therapeutischen Kellerräumen des Hotels tot zusammenbrechen wird. Wenn nicht, darf man tiefer in den Gang hinein, wo Menschen in weißen Bademänteln und weißen Pantoffeln geradeaus oder in die Seitengänge schlurfen und irgendwo weiter hinten sich auf ein Stühlchen setzen oder in einer Tür verschwinden, gemessen, heiter, ohne ein Zögern, als bestünde kein Zweifel an ihren Wegen und als sei alles, was sie tun oder nicht tun, zwar undurchsichtig, aber genau festgelegt und vertraut. Dort lehnte ich unterdessen mit Schuhen

und unpassender Kleidung an einer aufgewärmten Wand, sah ihnen zu, wunderte mich darüber, daß vereinzelt Frauen oder Männer nicht weiße, sondern hautfarbene Frotteemäntel trugen, welche mehr Taschen, aber dafür keine Kapuzen hatten, und wartete darauf, daß eine strahlend frische Dame mittleren Alters mir einen Zettel mit den Behandlungsterminen in die Hand drückte.
Von da an klingelte unerbittlich jeden Morgen um sechs das Telefon, und wenn man es abnahm, sagte die Stimme: Pronto Fango, ohne sich auf irritierte Fragen einzulassen, wie man sie stellt, wenn einen jemand aus dem Schlaf reißt. Im Laufe des Tages fand ich heraus, daß ich Glück gehabt hatte, denn es kann einen auch um vier Uhr morgens treffen, ja, einige von den Kurgästen wünschten sich diese frühen Termine, um nachher in Ruhe bis zum Frühstück weiterschlafen zu können.
Die Sonne ging jeden Morgen, wenn ich nach den heißen Attacken von Schlammpackung und Massage in mein Zimmer und in mein Bett zurückkehrte, auf eine andere Weise auf. Am ersten Morgen, es war ja noch Februar, lag Nebel halb durchsichtig über der ganzen Aussicht, der jedoch versprach, sich mit fortschreitendem Tage aufzulösen und dem fast durchsonnten Licht einer unbekannten Jahreszeit Platz zu machen. Nach der nächsten Nacht war meine Verblüffung, in vollkommener Dunkelheit von einer unbekannten Frauenstimme in einer kaum bekannten Sprache

geweckt zu werden und darüber hinaus sofort

aufstehen zu müssen, schon von einem Anflug von Gewohnheit begleitet, und als ich eine Stunde später in meinem Zimmer dem grauenden Tag ins Auge sah, war der Nebel von gestern zu einem hellgrauen Streifen geschrumpft, der jenseits der Eisenbahnlinie über der Ebene hing, und am dritten Morgen sah ich, wie in dem Augenblick, als ich nach der Morgenbehandlung die Balkontür öffnete, ein roter Blitz grell über den Horizont sprang, unbeirrbar zu wachsen begann, um in das sanftrote Leuchten einer großen, zum Oval abgeflachten Sonne sich zu verwandeln und, statt aufzusteigen, sich überaus schräg über die Baumspitzen und Gebäudekanten zu schieben, die an jener Stelle den Horizont kenntlich machten. Am andern Tag lag ein tief graublauer Streifen über dem Horizont, so daß die Sonne erst später als bereits entzauberte Leuchtkugel, auf der kein menschliches Auge verweilen konnte, sichtbar wurde. Am vierten Tag war der Streifen, der unten am Himmel lag, doppelt so breit und schien weiteren unerschöpflichen Veränderungen zu unterliegen, denen ich allmorgendlich mit wachsendem Staunen zusah, bevor ich mich hinlegte.

Daß ich je in ein so inniges Verhältnis zur Morgensonne geraten könnte, hatte ich nicht erwartet. Ich achte sonst nicht darauf. Meine Vorliebe gilt seit jeher den Sonnenuntergängen, was nicht nur daran liegt, daß mein Leben sich meist in Westzimmern abgespielt hat. Die Erstaunlichkeiten der Tagesanfänge kannte ich nur aus den unvergeßlichen Wochen, wenn unsere Neugeborenen zu versorgen waren.

Ich hatte auch nicht erwartet, daß Menschen, die einander nie zuvor gesehen haben, so schnell und so viel miteinander reden. Man muß nur eine Minute auf den Lift warten, und schon befindet man sich mitten im Gespräch, weiß, daß das Ehepaar lieber im achten Stock wohnen würde statt im fünften und dort auch seit nunmehr acht Jahren immer im Februar gewohnt habe, bald werde man sein Zehnjähriges feiern, und das hoffentlich wieder im achten, aber in diesem Jahr sei dort nichts als eine einzige Baustelle, was mich vermutlich auch in meiner Ruhe störe, da sie ja keine Mittagsruhe einhielten. Bei dieser Biegung des Gesprächs war der Lift in der Halle angekommen, wo man sich verabschiedet, es sei denn, man wollte gemeinsam in den Eßsaal gehen. Auf solchen Grundlagen wird sich, wenn man sich anderntags in der Schlange am Frühstücksbuffet, auf dem Weg ins Thermalbad oder in einer Gruppe, die vor der noch geschlossenen Tür zum Speisesaal plaudert, wiedersieht, weitere Information mühelos anschließen. Man wird die Gründe erfahren, die eine jährliche Kur angezeigt sein lassen, ein ähnlicher Fall aus der eigenen Verwandtschaft wird einem in den Sinn kommen, man wird den Hausarzt des Ehepaars näher kennenlernen, man wird hören, welche Autofirma die richtigen Sitze für diese Art von Wirbelsäulenproblematik anbietet, man wird etwas über Kinder und Kindeskinder, andere Hotels am Ort, die Heimatstadt oder die Krankenkasse erfahren, in dieser oder jener Reihenfolge. Aber nie wird man all das auf einmal erfahren. Man muß es sich verdienen durch ge-

duldiges Zuhören und jede Menge Zufälle. Nur eins wird man, mit wem man auch spricht, bei jeder Begegnung hören. Sobald ich zugab, nicht nur an diesem Ort neu zu sein, sondern überhaupt zum erstenmal im Leben eine Kur zu machen, nahmen sie sich Zeit und sagten mit einer gewissen Rührung, daß man sich keine schnelle Heilung versprechen dürfe, ja, daß nach ihrer Erfahrung die Symptome sich oft zunächst verschlimmerten, so daß man sich schlechter fühle als vorher, und die eigentliche Wirkung sich erst Wochen oder Monate später zeige, wenn man zu Hause sei, dann aber um so nachhaltiger.
Das klang wie eine Verheißung, schien aber bei manchen Gästen auch einen drohenden Unterton zu enthalten.
Mir war trotz der vielen Gespräche, als würde ich in den heißen unterirdischen Gängen nie bekannten Gesichtern begegnen, und ich fragte mich, ob ich möglicherweise unfähig war, morgens um sechs andere Leute zu erkennen. Die Dame am Empfangstischchen, die immer schon oder noch wie aus dem Ei gepellt aussah, erkannte ich aber, was vielleicht nur an dem leuchtenden Goldschmuck lag, den sie immer trug, auch die Masseurinnen, die vorbeigingen, wenn ich noch auf dem Stühlchen saß, vor allem aber die tatkräftige Frau, die mich abholte, in meine Zelle brachte, mich auf die Pritsche setzte, den auf das Sacktuch geklatschten Fango auf mir verteilte, mich niederlegte, von den Zehen bis an die Ohren ins braune Tuch einschlug, Quindeci minuti sagte, zur Tür hinausging, um die nächste Patientin einzupacken

oder auszuwickeln, und mich die erwähnten fünfzehn Minuten allein ließ, in denen ich nach und nach von Atemlosigkeit und Herzklopfen so befallen wurde, daß ich im Ernst überlegte, ob ich jemanden zu Hilfe rufen mußte. Ich wollte mich nicht lächerlich machen. Zum Lohn für meine Tapferkeit kommt sie dann irgendwann herein und tupft mir Schweiß aus dem Gesicht, damit mir für einen Augenblick nichts in die Ohren und durchs Haar läuft, rüttelt das Sackleinen zurecht, zieht es enger, löst aber die Fessel wieder, wenn ich mich beklage. Am zweiten Morgen konnte ich sie dazu bringen, die Luke unter der Decke zu öffnen. Ein wenig kühle Luft fiel herunter. Die Herzenge hörte davon nicht auf, machte mir aber keine Angst mehr. Sie verwandelte sich vielmehr in etwas Neues, für das ich keinen Namen hatte, weil ich es in mir zum erstenmal entdeckte. Statt einer Bedrängung von außen schien es eine Belebung von innen. So verfiel ich, während ich sekundenweise wegdämmerte, in Dornröschenträume, eingesperrt und unerlöst wie ich dalag, für fünfzehn lange Minuten, wenn die Bedrängung, die Hitze, das Kribbeln und die im verborgenen wandernden Schweißtropfen unaufhaltsam zunahmen.
Noch heute bricht mir Schweiß aus, wenn ich daran denke. Nachts liege ich wieder dort, in meinen Träumen schweißgebadet, und wenn ich dann hochfahre, weil wieder ein Zug vorbeikommt, rinnen wirklich Tropfen über meine Haut. Mein Haar ist naß. Ich nehme mir vor, das Bett an einen anderen Platz zu stellen, und schlafe wieder ein.
 Auch dort gab es eine Eisenbahn, aber sie war sanft,

fuhr am Ostrand der euganeischen Hügel vorbei, erst nach Padua, dann auf Venedig zu, in einer angemessenen Entfernung in der Ebene, so daß sie keinen Menschen aus dem Schlaf reißen konnte. Die Züge waren auch zu weit weg von der Straße, als daß ich ihnen hätte zuwinken können. Dabei wußten wir schon als Kinder, daß die Leute hinter den Zugfenstern nicht notwendig so glücklich waren, wie der Glanz von Licht und Geschwindigkeit sie erscheinen ließ. Sie waren unterwegs. Sie hatten ein Ziel. Aber es konnte ebensogut sein, daß es nicht das Ziel ihrer Wünsche war, daß sie lieber anderswohin wollten oder dort bleiben, wo sie herkamen. Das sind die Fragen, welche Mädchen sich mit sieben oder acht stellen, wenn sie winkend an Bahndämmen stehen. Vielleicht, so denkt man sich dann, waren diese Reisen das Ergebnis von Unglück, Leiden, Einsamkeit oder Verzweiflung, und vielleicht stellten die, die oben vorbeiflogen, wenn sie uns unten an der Böschung winken sahen, sich vor, wie glücklich wir sein mußten mit unsern braunen Zöpfen, da es uns erlaubt war, dort zu stehen und zu winken, ohne daß wir Züge besteigen und wegfahren mußten. Vielleicht wußten sie sogar, daß wir das von ihnen wußten.

Mein Balkon schaute hinaus in die Ebene, von der das Hotel am Rande der Ortschaft nur durch die Straße getrennt war, rechts die Ausläufer der Hügel, links der Bahnhof. Morgens begann Lärm auf der andern Straßenseite, der bis gegen Abend periodisch verebbte und wieder auflebte. Riesige Lastwagen in Rot und Blau fuhren auf täglich tieferen Spuren ins Grundstück hinein, drehten und wendeten, bis sie am richtigen Ort waren, um Erde von grauer, gelber oder brauner Farbe hinauszukippen. Dann fuhren sie wieder fort. Es sah ganz so aus, als versuche man auf dem Grundstück gegenüber, aus dem gewöhnlichen platten Land eine liebliche Hügellandschaft zu machen.

Dahinter dehnte sich südliche Ferne. Und wenn der Abend kam, die blaue Stunde, ein wenig Landschaft war noch zu erkennen, fuhr dort, schon fast durchs Nichts, die Eisenbahn, nur eine zierlich in der Ferne sich vorbeiwindende Schlange von quadratisch erleuchteten Fenstern, die so von fern aussahen, als wären die Wagen leer, während das Scheppern der eisernen Räder auf eisernen Gleisen weithin zu hören war, leise, aber so deutlich, als flüstere es gleich unter dem Fenster. Gleich unter dem Fenster jedoch ist, jedenfalls tagsüber, das nachdenkliche Knattern und Brodeln und Kreischen des Baggers zu hören, der sich durch einen Grund kämpft, dessen lange Geschichte nicht nur prähistorische Zahlen, sondern vermutlich auch prärömische Händchen und Füßchen ans Tageslicht wühlt, während es ihm nicht um ein paar tausend Jahre, sondern um ein Hotelareal geht, das dort, bevor Schluß ist mit den Baubewilligungen, errichtet wird. Dort, stellte ich mir vor, wird bald die Aussicht gepriesen werden, die jetzt noch ich vor mir hatte, während meine Aussicht, käme ich ein paar Jahre später, ein Hotel sein würde, mit Zedern, Lorbeer und Palmen. Ich kämpfte mit der Versuchung, nach Feierabend über das leere Feld zu gehen und den Boden nach Bruchstücken aus der Antike abzusuchen. Zugleich fürchtete ich mich davor, wirklich Händchen und Füßchen zu finden.

*D*aß das Telefon morgens um sechs klingelte, daß ich ohne weitere Umstände nach dem Bademantel griff und zum Lift lief, daran gewöhnte ich mich schnell. Sonst aber war die Tageseinteilung so ungewohnt und über weite Strecken so unbestimmt, daß ich den verschiedenen Arten des Nichtstuns Namen geben mußte, um mehr Abwechslung in meine Stunden zu bringen. Nach dem Frühstück schlug ich mein italienisches Lehrbuch auf und ging eine Lektion durch. Was ich nach dem Mittagessen tat, hieß Lesen auf dem Balkon. Man mußte sich in den weißen Bademantel wickeln. Es gab nur wenige Tage, an denen es zu winterlich dafür war. Meistens schien die Februarsonne so hell, daß eine Sonnenbrille nötig wurde. Ich schloß die Augen und stellte mir vor, ich wüßte nicht, wo ich war. Zum Lesen auf dem Balkon gehörte, daß ein Buch auf meinem Schoß lag. Das Lesen selber war zweitrangig.

Es dauerte nie lange, bis die Spatzen kamen. Sie zögern erst, um sich von meiner Ungefährlichkeit zu überzeugen, kommen dann aufs Balkongitter geflogen, sagen Tsiet! und Tsiru!, sitzen eine

Weile, schauen umher mit beinahe regelmäßigen Kopfbewegungen, als wäre es ungewöhnlich, daß ich keine Krümel verstreut habe, flattern auf den Boden hinunter, prüfen ihn, stellen ungläubig fest, daß sie, von oben schauend, doch nichts übersehen haben, streifen die eine und die andere Seite ihrer Schnabelspitze am Beton ab, versuchen vergeblich, unter der unteren Querstrebe des Gitters hindurchzuschlüpfen, springen schließlich hinauf, schauen mich an, wie ich da in meinem Bademantel auf dem Liegestuhl sitze, sagen wieder Tsiet! und Tsiru!, blicken ernst in die fünfstöckige Tiefe unter sich, mit dem einen und mit dem andern Auge, hüpfen, sehr sorgfältig ihr Gleichgewicht haltend, am Abgrund entlang über das schmale Metall, fallen nicht, schauen sich noch ein paarmal ungläubig nach Krümeln um, werfen einen Blick hinüber zum Nachbarbalkon jenseits der Tiefe, manchmal taumeln sie dann, halten sich gerade eben noch auf dem Gitter und fliegen auf einmal, als wäre es selbstverständlich, hinüber.

Außer dem Italienischlernen und dem Lesen auf dem Balkon gab es meinen Morgenspaziergang. Es gab meinen Nachmittagsspaziergang. Und es gab meine Thermalbadstunde vor den Mahlzeiten. Der junge Mann im weißen Kittel, der sich so angenehm zu bewegen wußte, gewöhnte sich an, auf ein paar Sätze bei mir stehenzubleiben. Und ich gewöhnte mich daran, mir vorher mit Hilfe meines Wörterbuchs ein paar Sätze zurechtzulegen. Ich war es überhaupt nicht gewohnt, freie

 Stunden zu haben, und zwar viele davon. Ich war

kaum freie Minuten gewöhnt. Ich rief zu Hause an, und niemand antwortete. Die Bücher, die ich mir eingepackt hatte, vermochten meine Gedanken nicht festzuhalten. Die schweiften in ungewohnter Zügellosigkeit durch die irregulären Windungen der Tage. Wären nicht die Mahlzeiten gewesen mit ihren festen Stunden, ich hätte nicht gewußt, was sich mit solchen Tagen anfangen läßt.

Ich achtete darauf, weder zu früh noch zu spät in den Saal zu gehen. Ich grüßte die Nachbarn. Ich setzte mich. Ich schaute an andern vorbei aus dem Fenster. Ich fragte mich, warum es so schwierig war, einfach dazusitzen, und konnte es nicht herausfinden. Mittags wählte ich zwischen Hähnchen vom Spieß oder Hirschkoteletten mit Heidelbeeren, abends zwischen Cordon bleu und Pökelzunge. Manchmal gab es aus dem Adriatischen Meer Wrackbarsch mit Saubohnen. Wenn sie es besonders gut meinten, servierten sie Strohwein aus Toskanien. Ich fragte mich vergeblich, was das sein mochte, und habe es bis heute nicht herausgefunden. Ich aß doppelt soviel wie sonst und dachte, wenn diese Kur zu etwas führt, dann dazu, daß ich neue Kleider kaufen muß, weil ich in die alten nicht mehr hineinpasse.

Alles war langsam geworden.

An einem solchen Abend kam mir in den Sinn, daß das genau der Ort sein mußte, wo Brunhilde sich jahrelang mit ihrem Liebhaber getroffen hat, zweimal im Jahr für eine Woche, sicher vor seiner Familie, aber oft in Versuchung, das Telefon abzunehmen. Wie kannst du das aushalten, habe ich

sie immer wieder gefragt. Liebe, sagte sie dann fröhlich. Heiraten wollte sie diesen Mann nie. Adam wußte das von seiner großen Schwester natürlich nicht. Sie hat es nur mir erzählt. Ich konnte sie nicht trösten, als vor drei oder vier Jahren die Frau ihres Geliebten starb und sie ihn nie wiedersehen konnte. Nie mehr schrieb er ihr einen dieser glühenden Briefe, die ihr geholfen hatten, die halben Jahre ohne ihn gut zu überstehen. Daß sie mich nicht daran erinnert hat, als wir meine Kur beschlossen, erschreckte mich. Sie mußte unglücklicher sein, als man sehen konnte. Nach dem Essen versuchte ich, sie anzurufen. Zwei Stunden später, vom Bett aus, erreichte ich sie. Es war alles in Ordnung.
Geht es dir gut? sagte sie. Bist du nicht einsam.
Einsam? Überhaupt nicht.
Das stimmte nicht ganz. Als ich aufgelegt hatte, vermißte ich Adam. Ich rief ihn an und sagte, daß er mir fehlte.
Und sonst ist alles in Ordnung? fragte er zurück.
Ja, sagte ich. Hier ist alles sehr langsam.
Das möchte ich auch mal erleben, sagte Adam.
Auch zu Hause war alles in Ordnung.
Von nun an sah ich die Gäste um mich herum mit anderen Augen an. Ich saß an meinem Platz neben der Säule, wo mein eigener Wein und mein eigenes Wasser auf mich warteten, hatte den Saal im Rücken und einen Blick zur Fensterfront hinaus, wo noch eine Tischreihe mit Ehepaaren sich entlangzog.

All die schweigsamen Paare, dachte ich. Mir war, als redeten sie kein Wort miteinander. Ich konnte es nicht glauben, ich versuchte, sie zu überraschen, indem ich plötzlich, kauend, schluckend, aufschaute, um sie zu ertappen, wenn sie doch redeten. Es gelang mir nicht.
Nein, dachte ich, es ist nicht wahr. Leise Worte, selten, nur wenige. Aber wenn man so viel Zeit miteinander gelebt hat und ein solches Ehepaar geworden ist, genügen wenige Worte. Dagegen etwas einzuwenden ist lächerlich.
Wozu willst du darüber reden, sagte auch Adam, Monate später. Aber das wußte ich damals noch nicht.
Die wenigen Worte, dachte ich, über meine Auroracremesuppe gebeugt, sagen mehr als die vielen bei denen, die viel reden, und was wirklich gesagt werden muß, sagt der Mensch ohnehin nicht mit Worten.
Wenn alle sich jedesmal an den gleichen Tisch setzen, kenntlich an ihrer Maggi-Flasche oder an ihrem Olivenöl, macht man sich leicht ein Bild und merkt, wenn jemand neu ist. Ich fragte mich: Welche Gattin ist gar keine? Ich konnte es nicht erkennen.
Aber was ging das mich an? Ich war schon verheiratet, und zwar lange und glücklich, und wenn andere sich darüber beklagten, daß Scheidungen nur neues Unglück über die nachfolgenden Generationen brächten, weil Scheidungskinder ganz unweigerlich auch wieder auf Scheidungen zusteuerten und keine Ruhe gäben, bis sie dieses unselige Ziel erreicht hätten, dann konnte ich nur

mit den Achseln zucken, denn ich war der lebende Gegenbeweis zu ihrer Theorie.
Am Donnerstag, als ich vom Frühstückssaal zum Lift kam, stand der Herr mit dem ordentlichen weißen Kinnbart bereits in seinem weißen Bademantel davor, erläuterte die aktuellen Wassertemperaturen und machte mich, da der Lift oft sehr lange auf sich warten ließ, darauf aufmerksam, daß donnerstags Markt sei, ein Anlaß, den zu besuchen er niemals versäume. Ich war unsicher, ob ich zu einem vor allem auf Touristen ausgerichteten Markt Lust hatte, was er mir zweifellos ansah, denn er muß das gewesen sein, was man einen Menschenkenner nennt. Es gebe Lederhandschuhe dort, gefüttert, Gürtel, Taschen, das übliche. Er kenne einen Stand, wo mit Honig, auch mit Waben und Gelee Royale gehandelt werde, dem speziellen Honig für die Königinnen, und er habe dort die beste Handcreme der Welt entdeckt, die er jedesmal kaufe, denn sie enthalte Honig und ziehe, dabei ließ er eine Hand über die andere streifen, sogleich tief in die Haut ein. Ich fragte ihn, da der Lift noch nicht kam, wo dieser Markt sei, und er sagte, am besten verließe ich, um einen Umweg zu vermeiden, das Hotelareal hinten durch den Garten, gehe dann bis zum Dom, von dort links und weiter, was ich mir ungefähr vorstellen konnte, da ich dort schon herumgelaufen war.
In der Tat war, als ich mich eine Stunde später in einem plötzlichen Entschluß dorthin aufgemacht hatte, der Markt genau an der Stelle, an der ich mir beim letztenmal die Frage gestellt hatte, wozu
 dieses eigentümliche Areal mit seinen Ziffern und

Parkplätzen und Bäumen und Spielanlagen wohl diene. Es war ganz in der Nähe von umgrünten Mauerresten, welche von ferne Hieroglyphen ähnelten, tatsächlich aber die antike Kurzone waren, wie sie auf vielen Postkarten und in meinem Hotelprospekt abgebildet wurde.
Auch hier wimmelte es wie auf den kleinen Plätzen im Ort selber von tiefgrauen Tauben, die einander unermüdlich anbalzten oder abwiesen. Ich ging durch die vielen Marktstraßen mit dem Eindruck, es sei immer die gleiche, und in der undeutlichen Hoffnung, das eine oder andere Stück zu kaufen, das meinen Töchtern gefallen würde, was auf den ersten Blick hoffnungslos schien. Schließlich fand ich einen Pullover hier und einen dort, den ich mir als Geschenk vorstellen konnte. Dann wurde mir jedoch klar, daß erstens zwei zuwenig waren und zweitens ich keine Ahnung hatte, ob eine Farbe, ein Schnitt, eine Verzierung, die mir ungefähr passend schienen, dies vielleicht doch nur ungefähr waren und folglich für eine eben erst heranwachsende Frau hoffnungslos unbrauchbar. Vielleicht sollte ich etwas für mich selber kaufen, denn was in meinem Schrank liegt, benutzen sie gern. Es ist, als wären sie dabei weniger streng. Aber als ich an die vielen Pullover in meinem Schrank dachte, gab ich den Plan wieder auf.
Nachdem ich auf dem Hinweg nicht entdeckt hatte, wie der Garten hinten zu verlassen war, gelang es mir auch beim Heimkommen nicht, einen rückwärtigen Eingang zu finden.
Sie haben einen riesigen Umweg gemacht, sagte

der weißbärtige Herr betrübt, ja geradezu fassungslos zu mir, als wir wie selbstverständlich wieder miteinander vor dem Lift standen, wo er zwei Schritte hinter mir eingetroffen war. Einen riesigen Umweg über den Bahnhof, murmelte er, mit dem Kopf verzweifelt nickend. Man habe zwei Möglichkeiten. Entweder gehe man links herum über den Parkplatz nach hinten, oder man gehe rechts herum um den Speisesaal über den Minigolfplatz und weiter, bis man zum hinteren Tor komme. Ob ich etwas gekauft habe, fragte er.
Ja, sagte ich, denn ich hatte den einzigen Gürtel erstanden, der keine überdimensionierte überdekorierte und übervergoldete Schnalle hatte, wie Touristen sie angeblich lieben.
Er kaufe immer, sagte er, indem er seine weiße Plastiktüte zeigte, eine Handcreme dort, nicht billig, aber sehr gut, mit Honig, und sie ziehe – hierbei strich er mit einer Hand über die andere – sofort ein. Er wiederholte weitere Passagen seiner früheren Rede. Dennoch war mir, als hätte ich, wenn ich auf dem Markt den Stand gefunden hätte, diese Handcreme sofort gekauft, obwohl ich von mir weiß, daß ich nie Handcreme benutze. Vielleicht wäre das eine gute Gelegenheit gewesen, mit etwas Neuem anzufangen. Meine Haut wird ja nicht jünger. Er allerdings sah auf einen Blick, daß ich das Wesentliche versäumt und die einzigartige Creme nicht gekauft hatte, und versuchte, den Schaden zu begrenzen, indem er anbot, mir die seine zu überlassen.
Ich werde in der nächsten Woche noch einmal hingehen, sagte ich.

Sein Gesicht verdüsterte sich, da man nie mit Sicherheit wisse, ob den Marktfahrern nicht Krankheit, eine Hochzeit oder ein Trauerfall dazwischenkomme. Er sah mich besorgt an. Sie wissen doch, was Gelee Royale ist?
Ja, sagte ich. Schon wieder eine Lüge.

Mit dem veränderten Tageslauf änderte sich auch die Person, als die ich mich seit Jahren kannte. Sobald sie sich zu den allmorgendlichen unterirdischen Prozeduren auf den Weg machte, in weißen Frotteestoff gehüllt, der nichts von dem ausstrahlte, womit sie sich sonst umgab, wurde ihr Bild verschwommen. In graubraunen Schlamm getaucht und mit ebensolchem Sackleinen umwikkelt oder nackt auf dem Massagetisch und danach wieder gekleidet in genau das gleiche Weiß, den gleichen Schnitt, worin ihr auf Korridoren und in Fahrstühlen die andern begegneten, geriet es ins Wackeln. Erst irritierte mich das, dann wurde es gleichgültig. Gleichgültig wurde auch der Wunsch, wenigstens die Frisur in der Form zu behalten, die sie gewohnt war. Das Make-up vergaß sie, und sie vergaß, warum man Nagellack aufträgt. Übrig blieb eine eigentümliche Person, die sie kaum als sich selbst erkannte, die, statt etwas zu leisten, nur schlafen und herumliegen wollte, die eine Weile fürchtete, es könnte irgend jemandem auffallen, und das dann auch vergaß. Die aber auch, statt sich auszuruhen, wie sie das inzwischen nannte, aufspringen und durch die

Straßen des Kurorts rennen konnte, in welchem sich nichts fand, was sie zu interessieren vermochte. Wenn sie wirklich etwas gesucht haben sollte, hörte sie bald damit auf. Sie lächelte die Dinge an, weil sie da waren, scheußliche Halsbänder, Schuhe, die so spitz aussahen, als wären sie für eine andere Tierart gemacht, Kleider, die den ästhetischen Durchschnitt auch eines übervollen Schranks noch zu senken vermochten, Pelze, wohin man sah, als wäre noch niemandem in den Sinn gekommen, daß erst Hunderte von Tieren gequält und getötet werden müssen, damit diese Kleidungsstücke, an denen so im Kunstlicht kein Blut zu kleben schien, in die Schaufenster und um den zarten Hals von Damen gelangen, die vermögend sind oder so aussehen wollen. Begleitet vom Gurren und Zurückgurren der Tauben, betrachtete sie Bar, Bus, Kirche und die Apotheken. Immer wieder Menschen. Die überall und reihenweise aufgeklebten Fotos von gewinnend oder bedrohlich lächelnden Männergesichtern, die gewählt werden wollten. Autos. Baustellen. Palmen. Alles. Sie schüttelte den Kopf nicht. Was sie sah, war auch nicht gleichgültig. Sie wußte nicht, was es war. Wenn es die Rückkehr zu einem alten, lange vergessenen Gefühl von sich selber war, dann war es schwer zu erkennen.

Ich sah dieser Person zu und schüttelte den Kopf über sie, ganz ähnlich, wie ich andern Kurgästen zusah, ohne allerdings den Kopf über sie zu schütteln. Ich staunte nur angesichts des Variantenreichtums unter Menschen, die mir auf den ersten Blick vorgekommen waren wie ein Tapeten-

muster, auf welchem die einmal gewählte Grundfigur sich unablässig wiederholt.
Manchmal versuchte ich mir vorzustellen, wie vor Jahren ein Schöpfer die jeweilige Frau aus einer Rippe des Gatten gebildet hat. Es gab Paare, bei denen ich es mir andersherum besser vorstellen konnte. Und alle hatten ihre eigene Art, beim Umrunden von Bars oder Säulen den Arm um ihre Frauen zu legen oder es nicht zu tun.

Heute, sagte der aufmerksame Herr zu Füßen meiner Liege, nachdem ich ihn eben noch draußen am Poolrand, wo die ersten Gäste den wärmeren Tag dazu benutzten, im Park zu liegen, auf eine Frau hatte hinunterreden sehen, heute, da es ja fast schon ein Frühlingstag sei, habe er das Grab des heiligen Leopold besucht, und er sagte das wie einer, den etwas sehr glücklich gemacht hat.
Er lächelte immer ein wenig, wenn er mit sich selbst war, und schien bereit, dieses Lächeln jedem, der so aussah, als würde er es nicht sogleich zurückweisen, zukommen zu lassen, wobei das Lächeln, obgleich es sich nicht veränderte, einfach dadurch, daß es einem andern Menschen zugewendet wurde, seinen Charakter änderte, so daß man es geradezu für belehrend hätte halten können. Wenn er die Freundlichkeit, die er im Umgang mit sich selbst zu wahren schien, andern zuwandte, erschien sie unvermittelt als eine Grimasse der Verlogenheit, ohne daß seine Sätze gelogen waren. Ich war sicher, daß er nichts als die

Wahrheit sagte. Vielleicht entstand der Eindruck der Verlogenheit nur dadurch, daß er Leute wie mich dazu verleitete, es mit der Wahrheit nicht so genau zu nehmen.
Ich wollte nicht die ganze Geschichte vom heiligen Leopold hören, wünschte ihm einen schönen Tag, schaute zur Decke, wo die schon vertrauten Lichtspiele sich wiederholten, und hörte dann von hinten wieder seine Stimme, die so aus der Ferne ihrer besonderen Deutlichkeit wegen mich für einen Sekundenbruchteil an Adam denken ließ, und war plötzlich hellwach, als er von Schmetterlingen zu berichten begann, die es hier am Ort gebe, Butterfly Arc, sagte er, gleich gegenüber vom Kulturzentrum. Ich bedauerte, daß er ausgerechnet in diesem Augenblick leiser zu sprechen begann.
Wenn es hier Schmetterlinge gab, die in subtropischen Kunstlandschaften herumflogen, wollte ich sie sehen. Wie konnte ich das vergessen? Dabei hat Brunhilde mir erzählt, wie außerordentlich es sei, in einer luftigen Halle von zahllosen riesengroßen blauen Schmetterlingen umflattert zu werden. Sie sagte, es habe ihr Leben verändert. Und wer möchte das nicht?
Am gleichen Nachmittag machte ich mich auf den Weg. Das Gebäude fand ich sofort, nur schien es keinen Eingang zu haben. Als ich schließlich an einer Tür klingelte, welche einer Hintertür eher glich als einem Eingang, öffnete nach dem dritten Mal eine Frau mit einem Putzeimer in der Hand.
Ich hatte mich mit ein paar italienischen Wörtern für diesen Zweck ausgerüstet. Die Frau schüttelte

den Kopf, als sie sie hörte, und begann ihrerseits zu sprechen.
Langsam, bitte, sagte ich.
Es nützte nicht viel. Aber am Ende hatte ich eines verstanden: Farfalle vive? Ja. Nur waren die Schmetterlinge nicht zu besichtigen. Warum nicht? Ich glaubte zu verstehen, daß sie schliefen, was ich mir bei tropischen Schmetterlingen überhaupt nicht vorstellen konnte. Die Frau war bestürzt, als sie sah, wie traurig ich war, bot mir einen Kaffee an oder einen Schnaps, wenn ich sie richtig verstanden habe, weil sie sich für mein Unglück verantwortlich fühlte. Ich dankte ihr, ging ins Hotel zurück und fragte mich, warum Adams Schwester mich vor meiner Abreise nicht an die blauen Schmetterlinge erinnert hatte.
Ich saß auf meinem Stuhl, während der Tag allmählich in sich zusammensank.
Einen langen Brief wollte ich schreiben über die unerhörte Zeder, die sich mit vielerlei Ästen vor dem Fenster erhob. Mein Papier lag auf weißem Kunststoff, der nicht als Schreibtisch gedacht war, sondern als Frisiertisch und mir einen Wandspiegel von solchen Ausmaßen entgegenhielt, daß ich nicht dasitzen konnte, ohne ihn und damit mich selbst vor Augen zu haben. Mit der gewohnten schnellen Prüfung der Gesichtszüge ließ er sich nicht abspeisen. Einen andern Tisch gab es nicht. Verschieben ließ er sich nicht. Ich mußte lernen, dieses Gegenüber hinzunehmen, obwohl seine äußere Erscheinung mich nicht interessierte. Ich sah zur Zeder hinaus.
Lieber Adam. Nein.

Ich wußte nicht, wem ich den Brief schreiben wollte. Einen Brief über eine Zeder, über ihre Farben vor dem Sechsuhrhimmel, über die Linien, die sie Ast um Ast in diesen Himmel zog, so vielfältig und unbegreiflich, wie ich sie nie würde beschreiben können. Ein solcher Brief ist nicht jedermanns Sache.

Lieber Adam. Ich schrieb ihm trotzdem und hoffte, er werde nicht den Kopf schütteln. Kaum hatte ich den Brief an der Rezeption abgegeben, fürchtete ich, er könnte Adam erschrecken. Wir schrieben uns sonst keine Briefe. Wenn er mit Schulklassen unterwegs war, meldete er sich einmal am Telefon, bevor er weiter mußte.

Es war auch der einzige Brief, den ich in den drei Wochen geschrieben habe. Ein paar Postkarten vom antiken Kurbetrieb an die Verwandtschaft, das war alles.

Wovon hätte ich ihnen auch schreiben sollen? Araukarien? Von Lorbeeren aller Art, von hüfthohen Hecken, von Hecken, riesig wie Mauern, hinter denen sich grüne Paradiese mit rauschenden Brunnen verbargen, von Hainen und himmelstürmenden Ovalen? Vom Gemüse auf jämmerlichen Märkten? Wie mein Interesse an Gemüse erlosch, weil ich nicht kochte? Lieber nicht. Von Bauplänen? Wen interessiert das? Vom lokalen Kino und seinen Filmen? Ich war nie drin. Etwa von den Stimmen im Nebenzimmer, die ich so gut kannte, wenn sie murmelten, stritten oder liebten, obwohl ich nie gesehen hatte, welche Menschen dazugehörten? Vom Essen? Von

den Abendunterhaltungen? Den Kuranwendungen? Wer will das lesen?
Dabei war alles ganz anders, als ich es mir vorgestellt hatte. Auf dem Massagetisch hatte ich erwartet, wie das Prospektfoto es zeigte, unter den Händen eines erfahrenen Herrn auf dem Bauch zu liegen, weiße Tücher überall da auf mir, wo ich nicht behandelt wurde. Statt dessen wird einem der Frotteemantel abgenommen, eine junge Frau bittet um Rückenlage, kein Tuch, nirgends, ein Bein nimmt sie, das Fußgelenk, die Zehen Stück für Stück so schnell, daß ich zusammenzucke, schon liegt ein gebeugtes Kniegelenk auf der Seite, sie greift, um meine Wade anzugehen, denn da, sagt sie, stecken die meisten Verkrampfungen, aber erst kommt das andere Bein. Dann beide Beine, gleichzeitig, nur keine Pause, belebend stand im Prospekt, so kann man das auch nennen, die Hände jedenfalls waren so unterwegs, daß man nie wußte, wo sie im nächsten Augenblick landen würden, und diesen Landungen ängstlich entgegensah. Plötzlich war es soweit, daß ich mich herumdrehen konnte, wie auf dem Bild, nur ohne Tuch, und vollkommen erschrocken. Dann kam die Rückseite dran. Und am Ende der euganeische Klaps, zum Zeichen, daß alles beendet ist und man aufstehen darf.
Nachher hatte ich Mühe, die Einzelteile wieder einzusammeln, und ich war froh, bald jemanden zu treffen, der mich darin bestätigte, daß es einem während der Kur durchaus nicht bessergehen müsse und vielmehr das, was einen zunächst schwäche, sich später und langfristig stärkend

auswirken werde. Diesmal war es eins der drei Ehepaare aus Wetzlar, die ich zu Anfang, als ich noch nicht wußte, wie treu sie zu Hause allwöchentlich miteinander Karten spielen und daß sie seit neun Jahren mit dem Zug herkommen, für Rosenheimer gehalten hatte, wegen der drei Autos aus Rosenheim, die auf dem Parkplatz immer nebeneinander aufgestellt waren. Wahrscheinlich ist aber, daß die Rosenheimer das gleiche gesagt hätten.

Nur einer sagte das nicht, der weißhaarige Herr, das heißt, er sagte es auch, da er nichts ausließ, was gesagt werden konnte, aber er schränkte es ein, da es ihm, der seit nunmehr achtzehn Jahren hierherkam, vom ersten Male an ganz anders ergangen sei, denn er habe sich, kaum eingetroffen, bereits besser gefühlt, und zwar jedesmal, und dieses Wohlbefinden habe im Laufe der drei Wochen hier am Ort beständig zugenommen und ihn so an das Gefühl zunehmenden Wohlbehagens gewöhnt, daß er es, zu Hause wieder angekommen, auch dort weiter und von Tag zu Tag beobachtet habe, so daß er sein Leben in einem ständigen Eindruck zunehmenden Wohlbefindens verbringe.

Wie ist das möglich, dachte ich. Müßte nicht der Pegel irgendwann wieder absinken? Müßte es nicht auch plötzliche Einbrüche geben, allein schon, um wieder ein mit Mängeln behaftetes Befinden zu erlangen, von dem aus er von neuem Besserung anstreben und beobachten könnte?

Nein, sagte der Mann. Es gehe ihm gut. Es gehe ihm immer besser.

Mir nicht. Dabei waren die Gliederschmerzen, die mich zu Hause lange gequält hatten, verschwunden, ohne daß ich bemerkt hätte, wie. Schon fragte ich mich, ob die Grundregel des Kurbetriebs für mich womöglich keine Gültigkeit hätte. Aber an die Stelle der alten ist eine neue, verwirrende Art von Beschwerden getreten.
Morgens um sechs bin ich das Kind, das im heißen Gang auf dem Stühlchen sitzt und darauf wartet, daß es am Ellbogen gefaßt und abgeholt wird von dieser Frau, die seine Mutter sein könnte. In Pantinen kommt sie, führt mich in die Zelle, verteilt braunen Matsch auf dem Sacktuch, und wenn sie mich hineingelegt, bestrichen und umwickelt hat, sehe ich ihr zu. Nochmals deckt sie zu, tupft ab, faßt nach, steckt ein, bringt den Raum in Ordnung, spült aus, stellt an, dreht herum, stellt ab, sagt Quindeci minuti, geht hinaus, schaut herein, fragt, kommt, tupft ab, rüttelt zurecht, steckt ein, geht hinaus, führt vor der halbgeöffneten Tür andere Personen an ihren weißen Frottee-Ellbogen vorbei zu anderen Zellen, während ich mühsam Luft hole und wünsche, die fünfzehn Minuten wären vorüber, kommt wieder herein, stellt an, deckt ab, faßt eine Hand, zieht hoch, wischt ab, zieht ganz hoch, wischt mehr ab, schiebt in die Ecke, bückt sich nach dem Schlauch, breitbeinig, spritzt ab, lacht, dreht herum, spritzt vorne, auch wenn man zusammenzuckt, das Becken ist nun vollgelaufen, sie winkt ins Brausebad, stellt an, sagt Quindeci minuti, geht hinaus, fragt, kommt wieder, stellt ab, zieht heraus, breitet Tuch aus, hüllt ein, beugt sich übers Lager, packt zusammen, geht hinaus.

Dann ziehe ich den Mantel an, als wäre ich dieses Kind, das ich so nie war, nun doch noch geworden, mit allem Zutrauen und allem Trotz, der dazugehört.
Später lag ich auf meinem Bett und hörte den Sekunden zu, die in geruhsamem Rhythmus hereintropften. Sie verweilten in geradezu atemberaubender Grazie, als hätte das Vergehen der Zeit keine Bedeutung für sie, um irgendwann doch noch zu Minuten zusammenzurinnen, welche dann ihrerseits mit einer Langsamkeit, die ich an ihnen noch nie bemerkt hatte, davonschwammen.
Die verschiedenen Arten von Wärme, die ich im Laufe der vergangenen Stunde aufgenommen hatte, schienen sich in der Tiefe meines Körpers miteinander zu verbinden und begannen bald, von innen an die Oberfläche zu strömen, so daß mir wieder einfiel, wer die Person war, die da lag, nämlich ich selber und niemand anderes. Sie lag da und hatte einen Kopf, hatte einen Rumpf, hatte Beine und Arme, die ebenfalls, als besäßen sie eine eigene Wahrnehmung, erstaunt feststellten, daß sie zu der Person, die da lag, gehörten, daß sie ein Teil von ihr waren, und zweifellos ein wesentlicher Teil.
Ich erinnerte mich daran, einmal gelesen zu haben, wieviel Quadratzentimeter Haut es sind, die den menschlichen Körper zusammenhalten. Es waren wohl eher Quadratmeter. Aber wie viele? Einer? Zwei? Mehr? Mir war, als könnte ich all diese kleinen Quadratzentimeter jetzt fühlen.
 Und jeder einzelne davon begann auch, sich

mit eigenen Wünschen bemerkbar zu machen. Manchmal juckte es mich an Stellen, von denen ich nicht gewußt hatte, daß sie zu mir gehörten. Bis dahin hatte ich gemeint, das, was ich meine Seele nannte, befände sich im Gehirn. Das mußte falsch sein. Ich fragte mich, ob sie nicht vielleicht in den Fußsohlen residierte, in den Schenkeln oder den Schulterblättern. He ihr, sagte ich dann laut und deutlich, wenn es Zeit war fürs Frühstück, wer immer ihr seid, wir gehn.

Zu mir in den Schlaf bohrt sich meine eigene Stimme, kommt aber durch die Wand hinter mir, kommt aus der Nebenwohnung, eine wirkliche Stimme, nein, nicht meine, obwohl sie noch eben zu sagen schien, was ich denke. Der nächste Zug verschluckt sie ganz, diese Stimme, um sie bald noch deutlicher hervortreten zu lassen. Die junge Frau nebenan hat Besuch, wie immer am Wochenende, die Männerstimme höre ich, aber nicht deutlich genug, um zu wissen, ob es die ist, die ich schon kenne. Erst drang so etwas wie ein Dialog herein, dann mit der üblichen Unregelmäßigkeit das Beischlafgestammel, wie es auch im Hotel Paradiso aus dem Nachbarzimmer durch die Wand kam, während ich darauf wartete, daß es Zeit wurde fürs Frühstück.
Es war dort, als begänne meine Haut sich zu erinnern an Liebkosungen, die sie einmal erfahren hatte und nun vermißte. Erinnerungen an heftige Gefühle, die auf erstaunlichen Bahnen

durch sie hindurchliefen, Erinnerungen an vieles, an weit Zurückliegendes, das plötzlich nah schien, kaum vergangen, als wäre es letzte Woche gewesen. Und sogar an das, woran ich mich nicht erinnerte, schien meine Haut zu denken, sie träumte davon, während die Zeit verrann, während Minuten durch sie hindurchtropften, während Sekunden sich einzeln in meinen Kopf brannten.

Die Haut tat mir weh.

Und dann begann so etwas wie Sehnsucht sich breitzumachen, Zentimeter für Zentimeter. Ein kurzes Wohlgefühl war das, dann aber nahm die Sehnsucht zu und schließlich überhand, indem sie sich wie eine Überschwemmung über alles hermachte und eine solche Hilflosigkeit in mir wachrief, daß ich aufstehen und weglaufen mußte.

Ich lief hinunter in die Schwimmhalle mit ihren drei Becken, einem warmen, einem sehr warmen und einem, das sich dampfend in den spätwinterlichen Park hinauszog.

Nach den erlaubten zwanzig Minuten im Wasser kam die halbe Stunde auf der Liege, wo der junge Mann mit den Schrubbern jedesmal ein wenig länger bei mir stehenblieb. Er erinnerte mich an Adam, wie er früher war, als wir uns kennenlernten. Ich freute mich auf diese Gespräche inzwischen weniger als zu Anfang, weil meine zwei vorbereiteten Sätze nicht mehr ausreichten, besonders dann nicht, wenn ich neugierig war, was er zu erwidern hatte. Man kommt sich so unsäglich dumm vor, wenn man in einer frem-

den Sprache zwar reden, aber so gut wie nichts verstehen kann.
Ich schaute abwechselnd auf ihn und zur Decke, wo gezackte Lichtstreifen mit sehr hellen Knotenpunkten in heftiger und vollkommen unvorhersehbarer Bewegung sich gegen die breiteren und sanfter schwankenden Schatten der Fensterbalken abhoben. Er erzählte von seiner Familie. Er stellte sie mir geradezu vor. Schon wünschte ich, seine Schwester kennenzulernen.
Ich ging zurück in mein Einzelzimmer mit den zwei Betten.
In der Ferne fuhr raschelnd ein Zug vorbei. Vielleicht auch nicht. Vielleicht ist es der Zug, der jetzt hier über meinem Kopf fährt, gedämpft durch die Träume vom Süden? Vielleicht ist es Zeit, daß ich aufwache. Schon neun gewesen? Höchste Zeit für das Frühstücksbuffet? Unsinn. Das war vor einem Jahr.

Adam war, wie man so sagt, mein erster Mann, vorher hatte ich nur die üblichen Schwärmereien erlebt und schüchterne Liebschaften, die über zwar hingerissene, aber naturgemäß beschränkte Filmküsse nicht hinausgekommen waren. Alle diese jungen Männer, so verschieden sie waren, hatten etwas gemeinsam, was mir gefiel und schwer zu beschreiben ist. Es hatte weniger mit ihnen zu tun als mit mir. Einer wie der andere besaß die unerklärliche Fähigkeit, bestimmte Gefühle in mir zu wecken. Diese Gefühle sind es, an die ich mich erinnere, während sie selbst in den Schatten zurückgetreten sind. Sie waren ja auch kaum zu erkennen, weil sie so jung waren. Ihre Haarfarbe, ihr Blick, die Art, wie sie sich hielten, Worte und Pläne, das war sichtbar, lauter Dinge, auf die kein Verlaß ist, denn die werden sich ändern. Wer sie wirklich waren, könnte sich in einer abrupten Kopfbewegung oder einem Erstaunen angedeutet haben, von dem wir damals nicht wußten, daß es der Schlüssel war. Auch die Liebe zu meinem Mann stammte aus dieser Zeit, hat sie aber überdauert. Darum hafteten gewisse Hemmungen und Ängstlichkeiten, die in jene frühe Lebensphase gehörten, unserer Liebe sozusagen für immer an, hatten sich mit ihr auf eine Weise verbunden, die uns unverbrüchlich schien, hätten wir nicht riskieren wollen, das Gleichgewicht der Gewohnheiten aufzubrechen, die uns durch die unaufhörlichen Alltage halfen. Mein Eindruck war, daß ich Adams Wünschen nicht auf die Art gerecht werden konnte, wie er es brauchte, ein Mangel, der sich als ein zuweilen undurchdringlicher Nebel von Langeweile über unser Leben legte. Gemeinsame Reisen, wie sie von Paaren in ähnlicher Situation empfohlen werden, damit sie uns zu freierem Flug in erotischen und andern Belangen hätten verhelfen sollen, machten es nur schlimmer.

Was ihr braucht, ist Zeit für euch selber, wiederholten die andern. Sie schienen daran zu glauben.

Aber das war es nicht. Die Aufgabe lastete auf uns und wurde, sobald wir sie anzugehen versuchten,

nur um so drohender. Genauer gesagt, sie lastete auf mir. Denn, um es kurz zu machen, ich war ein wenig prüde, und mein Mann unternahm nervöse Wanderungen, weil seine Wünsche unerfüllt blieben. Ich gab mir Mühe, aber wer wüßte nicht, was dabei herauskommt – etwas Mühsames. So ist es nun mal, sagte ich mir, denn er war meistens galant genug, das nicht zu tun. Adam tat mir leid. Nur selten hat ja derjenige, der die Suppe versalzt, sie auch auszulöffeln. Eine weitere Geschichte von Adam und Eva? Vielleicht. Ich versuchte, dieses Ungleichgewicht durch Entgegenkommen auf andern Gebieten wieder gut zu machen. So dachte ich. Heute bin ich weniger sicher. Manchmal ist mir, als hätte ich es ihm auf andern Gebieten heimgezahlt. Diese beiden Dinge sind ja nur schwer auseinanderzuhalten.
Es war der dritte Abend, an dem ich ihn anzurufen versuchte, ohne ihn zu erreichen. Wie eine Sekretärin, die ihren Chef verleugnet, gab eine junge Frau Auskunft. Dann benutzte sie wieder ihre gewohnte Stimme, war also meine Tochter und berichtete, wie gut der Haushalt ohne mich zurechtkomme.
Und wie geht es dir? fragte sie am Ende höflich.
Gut, sagte ich, obwohl ich gar nicht wußte, ob das die Wahrheit irgendwie traf.
Auch Bine war nicht zu Hause. Das hatte ich erwartet. Aber daß Annette nicht da war, machte mir Sorgen. Sie war erst fünfzehn.
Wann kommt sie? sagte ich.
Sie wird schon kommen, sagte meine Älteste nachsichtig.

Ich legte auf, machte das Licht aus und war unglücklich, weil es mir nicht gelungen war, meinen Kindern gerecht zu werden. Wer drei Töchter hat, hat immer eine zuviel. Eine Mutter hat nur zwei Hände, und wenn sie an jeder Hand ein Kind hält oder ein Kind sie, dann muß eins allein gehen oder im Kinderwagen liegen. Sie hat nur zwei Knie. Wenn sie zwei Kinder draufgesetzt hat, muß sie eins entweder hinausstoßen in die Selbstverantwortung, während es lieber bei den andern und klein sein möchte, oder in die behüteteren Nischen des Kleinkinds, so daß sich zwangsläufig immer eins zu groß oder zu klein fühlt, und zwar immer zu groß und immer zu klein, auch wenn dieser Fall nur selten vorkommt. Er schien eine solche Wucht zu besitzen, dieser Fall, daß er alle andern Erfahrungen mühelos beiseite schieben und ins Vergessen abdrängen konnte, nur weil einem ein einziges Mal Unrecht geschah oder ein Wunsch nicht erfüllt wurde. Die erfüllten Wünsche gingen unter im normalen Gang des Lebens. An die andern erinnern wir uns. Ich aber hatte auch nur einen einzigen Mund. Der kann zwar zu dreien gleichzeitig reden, aber das hinderte sie nicht daran, sich an schlechten Tagen voller Enttäuschung abzuwenden, weil sie wollten, daß ich zu ihnen allein spräche.

Voller Reue führte ich mir meine Kinder vor Augen, wie sie zu kurz gekommen waren. Nur Bine war immer dabei, wenn ein Arm oder ein Bein von mir gebraucht wurde. Sie war nie zu klein oder zu groß. Dafür war sie, wenn es ernst wurde, nie groß genug und nie klein genug. So hatten die andern ein zwar benachteiligtes, aber wenigstens eindeutiges Bild von sich, sie aber lebte in einer Unklarheit über sich selber, die sie mir seit ihrem fünfzehnten Jahr deutlich zu verstehen gab.

In immer neuen Versionen gingen mir die Stimmen von andern Müttern durch den Kopf, die glaubhaft versicherten, daß sie die besten Freundinnen ihrer Töchter seien. Das klang schrecklich und unerreichbar in meinen Ohren, und sie zuzuhalten hilft gegen innere Stimmen nicht.

Ich beschloß sehr ernsthaft, wenn ich wieder zu Hause war, nach Möglichkeiten zu suchen, um all die Schäden, die ich im Laufe der Jahre angerichtet hatte, wieder gut zu machen. Ich schrieb es auf meine Liste. Es war schon spät. Ein Fragment des Mondes erschien am Himmel, viel zu klein, bleich, schief und von einem tintigen tiefblau auslaufenden Schatten angefressen. Ich zog den Vorhang zu und hoffte zu schlafen und nichts mehr zu sehen. Im Traum sah ich einen vollkommen leeren Speisesaal, in welchem allein ich neben der Säule saß. Auf den Tischen glommen blaue Flämmchen in hohen Leuchtern, für das allwöchentliche Candellight Dinner. Es war still. Kleine Echos von meinen Atemzügen. Leises Rascheln von meiner Speisekarte. Größere Echos aus einem tiefen leeren schwarzen Brunnenschacht, als ich mir euganeischen Landwein eingoß. Der Blitz des Fotografen an der Decke. Die Räder des Servierwagens quietschten in der Stille, was sie tagsüber nie tun, und setzten die Frau, die ihn herschob, in Verlegenheit. Bitte entschuldigen Sie, sagte sie mit der Stimme meiner Schwägerin. Ich hatte keine Wahl. Auf dem Servierwagen war nichts als der Wrackbarsch, wie ihn die Speisekarte angekündigt hatte, mit aufgerissenem Maul lag er auf seiner Platte, schon ganz ausgeweidet von der Kellnerin, als hätte sie ihn Stück für Stück den geisterhaft leeren Tischen um mich herum serviert. Seine Zähne, bedrohlich, nützten nichts mehr, erinnerten bestenfalls daran, daß er gelebt hatte, genauer gesagt, daß er getötet und darum gelebt hatte und infolgedessen nicht tote Materie war, sondern ein totes Tier.

Muß ich ein totes Tier essen? rief ich dem Echo zu, und es antwortete mir ein paar Male mit dem gleichen Satz.

Dann klingelte das Telefon, die allmorgendliche Stimme sagte: Pronto Fango, und die Echos in meinem Schädel warfen die beiden Wörter hin und her.

Darf ich mich zu Ihnen setzen, sagte der Weißbärtige, zum Frühstück nicht wie die meisten in leuchtend vielfarbiger Trainingskleidung, sondern in eine zwar schlecht geschnittene, aber ordentlich gebügelte Jacke gekleidet. Ich sah auf die Uhr, stellte fest, daß ich viel früher als sonst hergekommen war, nahm mir fest vor, in Zukunft wieder länger zu warten, und log: Gern.

Draußen ist schon fast Frühling, fügte ich hinzu.

Ja, sagte er. Es ist schade, daß man so früh im Jahr die Schmetterlinge am Hügel nicht sehen kann. Sie sollten im Sommer wieder herkommen. Gonepteryx rhamni, sagte er und sah mir sehr ernst ins Gesicht, immer die ersten. Aber das müßte schon ein ungewöhnlicher Zufall sein. Natürlich nicht geschlüpft, sondern von Süden her zugewandert. Wie anders Vanessa antiopa, nicht wahr, aber Sie ziehen vielleicht Nymphalis antiopa vor. Beide Namen sind schön. Sie wissen sicher, daß man in Griechenland die Vorstellung hatte, Schmetterlinge verkörperten die Seelen von Verstorbenen.

Das überraschte mich. Bis dahin hatte ich gemeint, bei den alten Griechen hätten die Verstorbenen sich in eine bleierne lebensarme Unterwelt zurückziehen müssen. Wenn sie nicht das Glück hatten, ins Elysium aufzusteigen und mit Götterspeise verwöhnt zu werden. Vielleicht wurden einige zu einem kurzen Leben als Schmetterling freigelassen? Oder war der Hades eine vorübergehende Verpuppung, aus der man sich zu seinem geflügelten Bild entwickeln und dann hinausschlüpfen konnte?

Das würde man von einem Mann wie Buddha nicht erwarten, nicht wahr? sagte der Mann an meinem Tisch, inzwischen an einem andern Punkt seines Gedankengangs angekommen, von dem aus er unsere Gegenwart zu erreichen vermochte. Jedenfalls beinahe, denn es war doch schon ein paar Jahrzehnte her, daß man die berühmten Experimente mit den Wanderfaltern gemacht hatte. Die Tagpfauenaugen jedenfalls, sagte er, haben es von Bonn aus nicht einmal bis nach Gummersbach geschafft. Ist das nicht merkwürdig?

Sind Sie aus Gummersbach?

Oh, nein, sagte er. Ich war dort, das schon. Natürlich. Aber ich würde Augsburg nie verlassen. Eine Stadt mit Geschichte. Die Stadt Jakob Hübners. Aber nicht daß Sie denken, der Wagen mit der Augsburger Nummer sei meiner. Ich fahre nicht Auto. Das viele Sitzen macht krank, nicht wahr?
Ja?
Er fragte mich geradeheraus: Was bedeutet Ihnen Hübner?
Ich weiß nicht mal, wer das ist, sagte ich erschrokken, also wahrheitsgemäß.
Hübner, Jakob, sagte er erfreut. Geboren 1761 in Augsburg und dort mit fünfundsechzig auf dem protestantischen Friedhof beigesetzt. Der berühmte Faltermaler. Sie müssen ihn kennenlernen. Wenn Sie wollen, schicke ich Ihnen gern Unterlagen.
Sehr freundlich, sagte ich. Ich will es mir aufschreiben. Unterlagen sind nicht nötig.
Ich ging zurück in mein Zimmer, starrte das leere Bett neben meinem an und verwünschte die Idee, allein hierherzukommen.
Lieber Adam, wo bist du?
Gegen Abend stand ich am Fenster und versuchte, nicht an zu Hause zu denken.
In der Dämmerung schlossen sich dort Baumgruppen, schräg nach hinten verlaufende grüne und erdfarbene Ackerstreifen und die struppige Flora, wie sie Bahndämme begleitet, zu einem dichteren Bild zusammen. Undurchsichtiger gewordene Luft vermittelte den Eindruck, die sichtbare Welt sei aus ein und demselben Stoff gemacht, das Haus am Bahndamm von jenem am

Horizont durch nichts unterschieden als durch das Ausmaß der Ferne, und Eisengerüste, die einander entlang der Bahnlinie folgten, um die Leitungen zu halten, schienen jetzt nach dem gleichen Gesetz zu leben wie die Bäume, deren Geäst sich hinter den Koniferen und immergrünen Silhouetten der Parks oder vereinzelt mit feinen Zweigen über die Büsche des Bahndamms erhoben.
Eine allein zurückkehrende Lokomotive blickte nachdenklich nach Osten, wie es ein Käfer tut, wenn er sich nach langer Unschlüssigkeit entschieden hat, welche Richtung er einschlagen will. Und der Dunst, zunächst von gleichgültigem Graublau, begann sich ins Freundliche zu besinnen, es war, als lege ein Hauch von begütigendem, womöglich lächelndem Rosa sich hinein, der die Konturen der Dinge und Hügel noch weicher zeichnete und die hintereinander gestaffelten Höhenrücken kaum merklich noch voneinander abhob, als wäre das nicht wichtig und nichts als Erinnerung, wie sie uns manchmal kommt und wie sie uns lieb ist, aber nicht von Bedeutung. Kaum unterschied ein einzelner Baum in der Ferne sich noch vom grauer gewordenen Grau des Himmels, und der einzelnen Lokomotive folgte wenig später ein Zug, inzwischen auch grau, doch mit Licht in den Fenstern, mit einem gelblichen Licht, das, vom Grauen zurückgeworfen zu sich selbst, kaum über die Fenster hinausgelangte, die sich in langer Prozession durch den Abend zogen, bis sie im Vordergrund links verschwanden. Und über den Bergen ein wenig Abendrot.

Nachts hörte ich Stimmen aus der Ferne, Sätze, die Adam gesagt oder nicht gesagt hatte, stiegen aus der Vergangenheit und folgten einer dem andern, wie sie es jetzt wieder tun, nur daß die Wörter, die jetzt durch meine Nächte geistern, nicht von weither kommen und sich zu wiederholen drohen.

Am andern Morgen war die norditalienische Welt bis obenhin mit Dunst gefüllt, in welchem später, nachdem sie mehr und mehr weißes Licht vorausgeschickt hatte, eine weiße Sonne hing.

Es schien mir noch unmöglicher, allein zu sein, als am vergangenen Tag.

Während zu Hause alle in der Schule oder in einem Teilzeitjob waren, der jederzeit gekündigt werden konnte, zerwühlte ich am hellen Morgen ein Bett, das ein Zimmermädchen bereits gemacht hatte, starrte zur Decke und beobachtete die Zeittropfen, die in der anhaltenden Stille sich bildeten, an Größe zunahmen, schwerer wurden und schließlich, wenn ihr Gewicht ihr Beharrungsvermögen überschritt, abrissen vom dünn dahinfließenden Faden der Zeit, welche dann in Unbeweglichkeit zu verharren schien, bis sie am Ende doch wieder zusammenzuschnurren begann zur Gestalt eines Tropfens, der wuchs und so, wie nur Tropfen fallen, mit einem kleinen Aufprall abstürzte ins Meer der Zeit. Dort vermengte er sich sogleich ununterscheidbar mit aller Zeit, die bereits vergangen war, und rollte in diesem Meer dahin wie die Dünung, wenn sie Schiffe auf ihrem Rücken davonschweben läßt, als wären sie unterwegs in die Zukunft.

Meine Haut, in Unordnung gebracht von den feinen Stacheln des radioaktiven Badewassers, brannte in der Stille, und das dem Menschen eingeborene Verlangen, unterwegs zu sein und das, was wir brauchen, aufzusuchen und zu finden, überfiel mich von innen. Ich versuchte mich zu erinnern, wie es war, mit Adam im Bett zu liegen und mich mit ihm zu verschlingen. Ich konnte es nicht. Was immer ich mir vorzustellen versuchte, war keine Erinnerung, sondern etwas Neues, etwas nie Erlebtes, von einer unbekannten Neugier Getriebenes, so daß auch die Erinnerung daran, wie Adam sich anfühlte, nicht recht zu wecken war. Ich versuchte, mir wenigstens sein Gesicht vorzustellen, begann mit den vertrauten Einzelheiten, mit Mundwinkeln oder Brauenbögen, aber sogar sie begannen zu wackeln, zu verschwimmen und nahmen neue Plätze ein, so daß sein Bild fremd wurde. Formen und Umrisse erhielten in ruckweisen Filmschnitten neue Konturen, kehrten zuweilen zu den alten Linien zurück, welchen dann aber in langsamen Überblendungen neue Oberflächen und neue Bedeutungen zugewiesen wurden, bis das ganze Bild Blasen warf und in der Folge zitternd, schillernd und tropfend wie eine Seifenblase anschwoll, wobei neue Blasen und Nebenblasen hervorquollen, während die ganze Traube größer und größer wurde und schießlich zerplatzte.

Was war das? Ich wache auf, ich fahre hoch, ich bin allein, aber nicht im Hotel. Es ist Samstag. Ich muß nicht aufstehen.

Glauben Sie nicht, daß Eheglück lernbar ist? sagte

eine der wenigen alleinreisenden Frauen zu mir, als wir uns, von den Hügeln kommend, auf der Straße getroffen hatten, die zum Hotel zurückführte.
Ich hoffe es, sagte ich.

Die drei Ehepaare aus Wetzlar, auf die mein Blick beim Essen unweigerlich fiel, wo ich ihre Silhouetten vor den gestreiften und rückwärtig von Neon erleuchteten Vorhängen immer wieder sitzen sehe, verschwimmen in der Erinnerung zu einer Einheit, die sie damals nicht waren. Aber sie waren nie ganz einzeln unterwegs, und darum erstaunte es mich, daß ich trotzdem begann, mich zu ihnen zu setzen, wenn sie in der Halle waren, und zuzuhören, was sie von Menschen erzählten, die ich gar nicht kannte. Sie hatten vor allem Söhne, die meisten schon verheiratet und Väter von Enkelkindern, jetzt aber Pflegetöchter im Hause, zwei dankbare Mädchen, deren Mutter sie vor einem Jahr bei einem beruflich sehr beanspruchten Vater einfach zurückgelassen habe, um selber irgendwo im Ausland ein neues Leben anzufangen, eine unbegreifliche Handlungsweise, die, wenn man das so sagen dürfe, der Wetzlarer Tradition auch zutiefst widerspreche. Denn dort hatte, erklärten sie mir, weil ich in Unkenntnis der Wetzlarer Traditionen etwas verdutzt ausgesehen haben muß, die berühmte Lotte, obwohl erst siebzehn, ihre vielen kleinen verwaisten Geschwister unter schwersten Bedingungen so hingebungsvoll

aufgezogen, wie es heute Jugendliche kaum tun würden. Es machte ihnen Freude, von ihrer Stadt zu erzählen, dem Schauplatz des berühmtesten Liebesselbstmords unserer Literaturgeschichte. Sie haben ein Lottehaus, das von überschwenglicher Verehrung zeugt für eine Frau, die diesen Selbstmord ausgelöst hat, was wohl nur deshalb möglich ist, weil sich nicht nur der im Buch beschriebene Unglückliche, sondern auch der glücklichere Dichter in sie verliebt hat.
Es gibt aber, fügte eine der Frauen hinzu, auch ein Jerusalemhaus. Das müssen Sie unbedingt besuchen, wenn Sie einmal herkommen.
Ich versprach es. Dann erkundigte ich mich, wie es ihnen ging, da ich gehört hatte, ihre Abreise stände bevor. Nicht schlecht, sagte eine der Frauen. Sie schien für alle zu sprechen, denn alle nickten und freuten sich auf zu Hause, wo dann im Laufe des Jahres die segensreichen Wirkungen der Kurwochen voll zum Tragen kommen sollten.
Darauf freue ich mich auch, sagte ich und lachte bei mir selber.
Damals tat es mir leid, daß ich kein Foto von Adam mitgenommen hatte. Aber ich freute mich auf einmal unbändig auf ihn, auch wenn ich nicht wußte, wie er aussah. Ich war ganz sicher, daß er seit dem Tag, als ich abgefahren war, ein anderer geworden sein mußte und daß ich ihn gar nicht wiedererkennen würde, wenn er sich nicht verändert hätte. Er konnte, einmal so bis auf den Grund zerbröckelt, der alte gar nicht mehr sein. Drei Tage und drei Nächte mußte ich noch warten auf

dieses Wiedersehen, und ich wußte nicht, wie ich eine so lange Zeit durchstehen sollte.
Nicht einmal seine Stimme konnte ich hören. Morgens nicht und abends auch nicht. Und ich wußte nicht, was er an diesen Abenden, wenn er nicht zu Hause war, tat. Das Ausgehen war ganz gegen seine Gewohnheit. Die Informationen, die ich gelegentlich von den Töchtern erhielt, kamen mir unglaubwürdig vor. Gabi gab mir zu verstehen, daß sie ihren Vater für seine Selbständigkeit bewunderte, und wollte, daß ich es auch tat. Natürlich, sagte ich. Aber hatte Adam wirklich angefangen, allein ins Kino zu gehen? Zu Fußballspielen? Zu Radrennen? Unmöglich, dachte ich, wohlwissend, daß nichts unmöglich ist und Menschen durchaus neue Gewohnheiten annehmen können. Ich beschloß, es am andern Morgen sehr früh zu versuchen, bevor er aus dem Haus mußte, obwohl erfahrungsgemäß die Leitungen dann besetzt sind.
Die Unruhe in meinem Innern wurde unerträglich. Ich setzte mich auf die Bettkante. Ich stand auf.
Ich ging zum Schreibtisch, um wenigstens den Töchtern Briefe zu schreiben, nachdem ich ihnen in all den Jahren so viel schuldig geblieben war. Papier legte ich mir zurecht und starrte vor mich hin. Nur daß man an diesem Tisch nicht vor sich hin starren konnte. Der Spiegel ließ es nicht zu. Was ich dank dieses riesigen, von Licht übergossenen Spiegels, in dem sich gut und gern mehrere Menschen gleichzeitig hätten spiegeln können, vor mir hatte, war ein Bild von mir, das mich

ungeduldig anschaute und noch ungeduldiger versuchte, meinen Blick zu verscheuchen. Ich hatte das Datum geschrieben. Liebe Gabi, schrieb ich. Dann ging die Schranktür auf. Das klingt wie Zauberei, war aber nichts Ungewöhnliches. Sie tat das von Anfang an. Das Zimmer hatte einen Wandschrank mit zwei Schiebetüren. Zuerst zweifelte ich an meinem Verstand, wenn der Schrank, den ich geschlossen zu haben meinte, offenstand. Dann fand ich das Geheimnis der Tür heraus. Achtlos zugeschoben, wird sie sich kaum merklich in Bewegung setzen, um ein wenig Fahrt aufzunehmen, den erst schmalen Spalt allmählich zu vergrößern und dann, halb offen, zur Ruhe zu kommen. Diese Tür verlangte, wollte man sie wirklich schließen, besondere Aufmerksamkeit. Ich habe vieles ausprobiert. Man mußte es nicht nur langsam, sondern auch mit Bedacht tun und besonders im letzten Augenblick ohne jedes Wenn und Aber entschlossen sein, daß man die Tür schließen wollte. Dann und nur dann blieb sie zu. Sie ließ sich jedoch auch aus ihrer Ruhelage bringen, wenn man die andere, die linke Tür verschob, mit der sie, obwohl überlappend, an der gleichen Schiene hängend befestigt und dergestalt, nur bis zu einem gewissen Grade unabhängig, verbunden war. Die linke Tür machte niemals von sich aus eigenständige Bewegungen und blieb immer genau da, wo man sie hinschob, schloß man sie jedoch ohne die Bedachtsamkeit, welche die rechte Tür für notwendig zu halten schien, so setzte sich diese nach dem üblichen Zögern lautlos in Bewegung, und der Schrank war offen.

Sie reagierte auch auf Erschütterungen in ihrer Umgebung. Stieß man versehentlich mit dem Stuhlbein an die linke Seitenwand des Schreibtischs, so legte die Schranktür ein paar Sekunden zögernden Überlegens ein und setzte sich dann in Bewegung nach links. Nun schadet es gewiß keinem, wenn eine Schranktür offensteht. Will man jedoch eine schwer zugängliche Formulierung fassen oder ungeordnet im Kopf herumstürmende Gedanken in eine erträgliche oder gar sinnvolle Form bringen, so ist der Anblick eines offenen Schranks sehr wohl geeignet, jeden Versuch bereits im Keim zu ersticken.

Ich sah auf die Uhr, merkte, daß ich den Anfang der Abendveranstaltung unten im kleinen Saal verpaßt hatte, erwog, sie ganz ausfallen zu lassen, ging dann aber, da es für Briefe so kurz vor der Abreise sowieso zu spät war, zum Lift, stieg, als der blockiert war, die Treppen hinunter, hörte den Pianisten von weitem, ging, unten angekommen, um das Klavier herum in den halbdunklen kleinen Saal, wo auf einer schon seit zwei Tagen aufgebauten ebenfalls kleinen Bühne ein regionaler Zauberkünstler mich beim Hereinkommen so dankbar musterte, als hätte er mit dem Beginn der Vorstellung auf mich warten müssen. Ich setzte mich in die letzte Reihe.

Der Pianist spielte »Saying something stupid like I love you«, und der Zauberer richtete seinen Blick auf mich, bis ich, so offensichtlich zu spät gekommen und darum ein passendes Opfer, wenn es darum ging, jemanden zu verwirren, auf einen

 Wink seiner Linken hin aufstand und nach vorn

ging. Ich tat es mit der Zuversicht, so von nahem endlich einmal die Tricks der Zauberer zu durchschauen und ihre schlangengleichen Bewegungen, mit denen sie unser Auge beschäftigen, um uns, was ihre wahren Absichten betrifft, um so sicherer hinters Licht zu führen. In einem solchen Augenblick geschieht es aber, daß bei größter Klarheit der Wahrnehmung der Verstand seine Arbeitsweise nahezu umkehrt und mit zunehmender Aufmerksamkeit jede Wahrnehmung bedeutungslos macht, und als der Mann in Jeans, Hut und einer goldenen bestickten Weste drei große goldglitzernde Würfel aus der Kulisse herbeiholte, sie nebeneinander aufstellte, mich erst mit einer feinen Hand zum Sitzen und dann mit einer noch feineren Bewegung des Arms zum Liegen aufforderte, fürchtete ich, er werde mich durchsägen, um so mehr, als er mit seinen Augen des längeren maßzunehmen schien, mich noch einmal aufzustehen bat, um mich erst jetzt, als habe er es vergessen, mit einem verblüffend gekonnten Händedruck zu begrüßen. Er schaute mich wiederum sehr forschend an, und es gelang mir überhaupt nicht, auch nur annähernd ähnlich zurückzuschauen. Ebensowenig konnte ich meine andern Vorsätze verwirklichen. Ich begriff also kaum etwas von dem, was er angesichts eines halben Hunderts von wohlverpflegten Kurgästen, die im elektrischen Dämmer blitzende Augen auf uns gerichtet hielten, mit seinen verschiedenen Tüchern und Hüten und Tauben anstellte. Es schien jedenfalls nicht darum zu gehen, daß ich durchgesägt wurde, und mir war unklar, ob ich das bedauern oder mich darüber freuen sollte. Er bat mich zwar mit den Bewegungen, die ich schon kannte, wieder in die Rückenlage, die er schon kannte. Aber aus seinen Tüchern, die gleich Nebelschwaden über mich hinzogen, stieg eine Taube. Sie flog eine Runde. Ich versuchte so sehr, auf alles aufmerksam zu sein, daß ich nicht das geringste begreifen und mir auch nichts merken konnte. Die Taube stand bald auf seinem Finger. Er ließ sie auf meiner Schulter Platz nehmen. Dann auf der andern. Er wies ihr den Weg zum Brustbein, wo sie, wie er es wünschte, sich um sich selber drehte. Das Publikum war begeistert. Durch geheimnisvolle Winke teilte er der Taube mit, wie sie weitergehen sollte, vom Brustbein nach unten zu. Und während die Taube dahinschritt, wallten Tücher, aus denen mehr Tauben traten, um auf mir Platz zu nehmen. Auf halbem Weg nach unten hieß er die erste vorläufig stillstehen und setzte je eine weitere auf meinen Schultern ab, die dann mehr seitlich weiterzugehen hatten, Rippe um Rippe, und alle paar Zentimeter innehielten und sich drehten, während er neue Tiere hervorzauberte und auf mir absetzte. Der Pianist intonierte nun doch, was ich lange erwartet hatte, »La Paloma«, und zum Takt der Musik spielte sich auf meiner Vorderseite ein vielfüßiges Ballett ab, bis ich mit weißen Tauben derart bedeckt war, daß sie alle gerade noch Platz hatten, sich, wie Tauben das tun, zu drehen und zu wenden und zu gurren.

Die Taubenfüße erscheinen mir seither als Traum, ausführlich, bis der Zauberer, nun mit

Adams Händen, welche den seinen aber gleichen wie eine Taube der andern, ein Tuch darüber deckt und dann, wenn die Musik aufhört, mit diesem Tuch alle Tauben entfernt, und mit den Tauben meine Kleider, so daß ich unbekleidet daliege und geradezu fühle, wie ein ganzer Saal voll Schaulustiger aus dem Dunkeln seine Augen auf mich richtet.
Aber so war es nicht.
Als ich überhaupt nicht mehr damit rechnete, brachen die Menschen im Halbdunkel in Begeisterung aus. In perfekter symmetrischer Anordnung hatten fast zwei Dutzend weiße Tauben, wie sie im Lied besungen werden, auf mir Platz genommen. Sie verharrten oder sie tanzten, ganz wie ihr Besitzer es wollte. Ich war wie benommen von der Künstlichkeit seiner Bewegungen. Er hielt dann einer Taube nach der andern einen Finger hin, den sie bestieg, indem sie einen Fuß hob und so für kurze Zeit ihr ganzes Taubengewicht auf den andern Fuß legte und durch diesen Fuß mit seinen feinen Krallen an mich weitergab und mir den Abdruck eines Vogelfußes eindrücklich hinterließ, so daß ich, während er Taube um Taube erst auf seinen Daumen und dann der Reihe nach auf alle andern Finger steigen und sie, um die Hände frei zu haben für die nächsten, auffliegen ließ, allmählich und unter einer vertrauten, von weither kommenden Klavierbegleitung mit einem geheimnisvollen Muster von Markierungen überzogen wurde, die sich eingeprägt haben, feurig und dauerhaft. Solche Spuren hinterlassen sonst nur starke Gefühle, wenn sie sich

unverhofft mit Berührungen verbinden, wie sie durch jene einfallsreiche Verquickung von Zufall und Notwendigkeit zustande kommen, zu der wir in unsern jungen Jahren zum Beispiel im Kino Zuflucht nehmen, wo die feurigen Ströme, die von einem menschlichen Arm ausgehen, nachdem er durch allerlei mühsam herbeigeführte Achtlosigkeiten in die unauffällige Nähe eines andern Arms geraten ist, durch diese Pforte der Berührung zu uns hereinbrechen und sich augenblicklich in unser Inneres ergießen und weiterdrängend überall anstoßen, sich an den Körperenden stauen und dabei dermaßen von innen gegen die Haut schlagen, daß wir die Worte von der Leinwand nicht mehr hören, daß wir die Bilder vor uns zwar anstarren, als gälte es das Leben, aber nicht mehr verstehen und meinen, das Herz müsse bersten unter diesen Strömen, welche uns später nie mehr so wie am Anfang zu packen vermögen, so daß wir mit den Jahren zu immer stärkeren Reizen greifen und uns lange und mechanisch aneinander abarbeiten, ohne je diesem ungeheuren Schrecken der Begeisterung wieder zu erliegen.

Ich wußte nicht, daß dennoch Überraschungen möglich sind. Lange war mir nicht klar, ob die Tauben, unbemerkt zurückgezaubert, noch auf mir standen oder ob es die Erinnerung war, die ich fühlte.

Ehe ich mich versah, war ich entlassen. Einen Augenblick, als ich die Stufen in den Saal hinunterstieg, bedauerte ich, daß er mich nicht durchgesägt hatte. Ich hätte zu gern gewußt, wie das geht.

Dann setzte ich mich wieder auf meinen Platz und konnte den Rest der Vorstellung noch weniger begreifen als das Vorhergegangene.
Als ich in die Empfangshalle trat, stand er schon in der Tür.
Darf ich Sie zum Essen einladen? sagte er schüchtern, auch das sehr gekonnt. Ich muß mich entschuldigen. Meine Tauben wissen nicht immer, was sich schickt.
Das war richtig. Ich sagte: Danke, ich habe schon gegessen.
Morgen, schlug er vor. Morgen habe ich frei. Ich weiß einen besonderen Ort. Ich werde für Sie zaubern.
Ich stellte mir vor, wie er alle Frauen, denen im Laufe der Woche seine Tauben zu nah getreten waren, um einen Tisch versammeln und aus diesem dann nach Art eines Tischleindeckdich jede Art von Gaumenkitzel hervorzaubern würde. Pochierte Taubeneier und glasierte Brüstchen kamen mir in den Sinn.
Danke, sagte ich. Das ist nicht nötig.
Er aber war hungrig und bat mich, ihm Gesellschaft zu leisten, weil ihn Speisen, die er allein genießen mußte, krank machten. Eine solche Verantwortung wollte ich nicht auf mich laden. Sein Nachtessen wurde in der Lobby serviert, auf blauen Sesseln. Er bestellte Champagner. Ausnahmsweise, sagte er, mit einem schüchternen Blick auf mich.
Er erinnerte mich wider Willen an einen Film, in dem ein schöner junger Zauberer einer Frau, die ihm zu allen seinen Auftritten nachgereist ist, ihre

Träume trickreich erfüllt und sie am Ende glücklich macht. Er sah dem Darsteller in jenem Film schrecklich ähnlich. Er aß nicht, er schien vielmehr die Nudeln, wenn er sie um seine Gabel gewickelt hatte, in seinen Mund zaubern zu wollen. Dabei sah er mich an, als müsse er mich verwandeln und wüßte noch nicht in was. Seinen Hut hatte er abgesetzt, seine goldene Weste gewechselt, die Lackschuhe ausgezogen. Seine weißen Socken steckten jetzt in Turnschuhen. Er lächelte, wie man eine Frau anlächelt, die man noch nicht kennt, vorsichtig, ein Lächeln, das noch in jede beliebige Richtung weiterentwickelt oder auch ganz zurückgezogen werden kann. Er wollte es nicht gleich im ersten Augenblick falsch machen. Ein Mann schien er zu sein, der es um jeden Preis richtig machen muß, und der das auch kann, denn er hatte geübt, jahrelang hatte er daran gearbeitet, sich so zu verhalten, daß es, komme was wolle, richtig war und gefiel. Er zauberte auch ein paar Worte hervor und wußte es so einzurichten, daß es Worte waren, die ich verstehen konnte. Ich vergaß vollkommen, daß ich nicht Italienisch spreche. Er beschrieb einen Tropfen, der sich aus einer alten, schwer gewordenen Wolke gelöst und eine lange Reise durch den windstillen Frühlingsnachmittag gemacht hat und dann mit einem Geräusch auf die Hand eines Mannes gefallen ist, wie kein anderer Regentropfen vorher oder nachher je fallen konnte. Und dabei sah er mich so an, als spräche er von nichts anderem als von mir.

Er reichte mir Früchte, wie er mir selbstgezauberte Tauben anbieten würde, Feigen, Trauben,

Äpfel, und ich nahm sie. Eine verblüffende Lokkerheit hatte er in den Handgelenken, die er für seine Auftritte brauchte, und es war eigentümlich zu sehen, wie er auch dann, wenn es nicht darum ging, Tricks vorzuführen und die Augen von Dutzenden von überaus aufmerksamen Menschen gleichzeitig in die Irre zu führen, keine Grundstellung für seine Finger zu haben schien und unablässig seine Handgelenke benutzte, um die Hände entweder vom Unterarm herunterhängen zu lassen oder sie aufzustellen, wie es der fromme Mensch im seelischen Aufruhr einer Fresko-Darstellung tut.

Warum haben Sie mich nicht durchgesägt? sagte ich auf englisch.

Wollen Sie die Wahrheit wissen?

Ich nickte.

Ich kann keine Frauen durchsägen. Dabei schaute er mir betrübt und mit der wohlgeratenen Schüchternheit, die ich schon kannte, auf die Hände. Und Englisch kann ich auch nicht.

Mir gefällt das Gespräch. Wie gern würde ich es fortsetzen, aber schon wird es unterbrochen durch etwas wie Jahrmarktsmusik. Ich sitze an einem Tisch vor einem riesigen Spiegel. Lieber Adam. Nein. Diesmal stehen meine Freundin und ich nicht am Bahndamm. Wir lehnen auf dem Jahrmarkt an einer Karussellsäule und sehen zu, wie ein halbes Dutzend Ponys kleine gefederte Wagen und Kutschen im Kreis herumziehen, in denen verlegene Kinder die Zügel halten und ihre Begeisterung hinter einer Maske von Lebenserfahrung zu verbergen suchen. Unter den Hufen staubt das Sägemehl. Es ist feucht. Wir sehen uns an und wissen beide, daß wir in diesem Augenblick zu groß geworden sind, um je wieder in einem solchen Karussell zu fahren. Stolz begleitet fortan die Erinnerung an jenen Augenblick, untrennbar verflochten mit undurchsichtigem Heimweh, das uns ergreift, sobald wir weitergehen, dorthin, wo die Wagen schneller und die Stimmen der Musik lauter sind und weniger vom Fahren als von der Liebe handeln. Das Heimweh verläßt uns nicht mehr, obwohl es sich oft gut versteckt. Über unsere Träume, die Liebe betreffend, brauchen wir gar nicht zu sprechen. Wir sind uns so einig, wie man es nur ohne Worte sein kann. Zehn Jahre später ging mein Traum in Erfüllung, was ihn so sehr verwandelt hat, daß ich bald zu glauben anfing, diese Erfüllung stehe noch bevor.

An jenem Abend in der Hotelhalle wußte ich auf einmal, daß ich aus keinem Paradies vertrieben worden war, daß ich es vielmehr immer noch suchte und daß in mir die Erwartung schlief, es irgendwann zu finden. Ich wollte und mußte einen Menschen lieben. Und nicht irgendeinen, sondern den, der mir am liebsten war, also Adam. Vor meinem inneren Auge flammte auf einmal etwas wie ein ganz neues Bild unseres alten Lebens auf, nichts Beschreibbares, nur eine Möglichkeit, und ich war voller Neugier auf alles, was das Bekannte an Unbekanntem enthalten mochte.

Lieber Adam, so wollte ich, wieder vor meiner grellen Spiegelbeleuchtung sitzend, schreiben, denn so kann man schreiben, ohne daß sich jemand etwas dabei denkt. Lieber Adam. Die Frage war, wie der Satz weitergehen konnte. Das Rauschen im Kopf, das Rauschen unter der Haut, das Rauschen einer nächtlichen Eisenbahn in der Ferne, all das verhinderte, daß sich etwas anderes fand als Wörter, die sich nur hinstottern ließen. Es schien keine zu geben, die zusammenpaßten und einen Satz ergaben. Oder wenn es sie gab, hielten sie sich gut versteckt. Lieber Adam, es ist so schwer, einen Satz zu schreiben. Am liebsten hätte ich ihm einzelne Wörter auf einzelnen Zetteln in einzelnen Umschlägen geschickt. Aber wer sagt denn, daß die Wörter nicht unterwegs und in seinem Kopf eine ganz andere Bedeutung annehmen, als sie hier bei mir haben? Müßte er nicht denken, ich sei verrückt geworden? Lieber Adam. Ich bin nicht verrückt geworden. Ich sehe ein unbekanntes Kind, das ich schon kenne, es ist viel zu klein und sitzt doch auf einer Schaukel, auf meiner Schaukel, nein, nicht ich, denn ich will es ja halten, es trägt dieses Kopftuch, das ich schon kenne. Das Kind gibt es nicht. Ich höre Musik. Ich höre sie in meinem Kopf.

Was soll ein vernünftiger Mensch davon halten? Aber ich höre die Musik wirklich. Jahrmarktsmusik, erst Walzer von weitem, dann abgenutzte Polkas und Nordseewellen. Die Musik wird lauter, so daß ich im Traum an meinem Verstand zweifle, denn daß Musik in einem Traum einen solchen Grad von Wirklichkeit annehmen kann, erschreckt mich. Mit jedem Takt wird sie wirklicher. Ich mache die Augen auf und sehe, wie die untere Hälfte einer vollkommen wirklichen Drehorgel an meinem Fenster vorbeigeschoben wird. Dann einen Orgeldreher, dessen Beine in tiefschwarzen Hosen stecken. Das ist ungewöhnlich, hier, im Vorfrühling, an einem Samstag.

Am andern Morgen war etwas anders als sonst. Unten in der Hotelhalle standen in Gruppen Männer, die anders miteinander sprachen, als es Gäste tun.
Haben Sie davon gehört? sagte die Frau, mit der ich an der Rezeption auf die Rückkehr des Angestellten wartete, um letzte Erkundigungen für die Abreise einzuziehen.
Das Erschrecken in einem solchen Augenblick wird einem, ohne daß man Einfluß darauf nehmen kann, eine Befürchtung eingeben. Ich fürchtete, der Zauberer, nicht mehr der Jüngste, könnte auf eine unverhoffte Weise seiner Melancholie nachgegeben haben. Oder ein Badeunfall?
Nein. Einer der Gäste wurde vermißt. Da er morgens um vier, als er zu den Behandlungen hätte gehen sollen, das Telefon nicht abgenommen hatte, fragte man nach, und es zeigte sich, daß er nicht nur nicht im Hause, sondern auch am Vorabend nicht zum Essen gekommen war. Wann er das Haus verlassen hatte, ließ sich schlecht feststellen, denn er hatte, um für Wanderungen freier zu sein, nur Halbpension bestellt. Beim Frühstück hatte ihn niemand gesehen, aber das wollte nichts besagen.
 Wanderungen? sagte ich.

Ja, sagte die Frau. Villa Draghi, Monte Cesa, der heilige Leopold, Sie wissen ja, was sich hier anbietet.
Ich erschrak. Der Verschwundene konnte nur der Herr aus Augsburg sein. Was ist mit ihm? sagte ich.
Niemand wußte es. Gesucht wurde er. Ich wurde gefragt, ob ich ihn gesehen hätte.
Ja, sagte ich. Natürlich. In der Badehalle. Gestern. Vormittags.
Ich kannte nicht einmal seinen Namen. Er hätte gut Jakob Hübner heißen können, wenn das nicht der Name eines andern gewesen wäre. Andererseits kommt es vor, daß zwei Männer den gleichen Namen tragen. Ich kenne eine Frau, die zum zweitenmal geheiratet hat, und zwar einen Mann, der genau gleich hieß wie der erste. Ich ging in einer Morgensonne, welche durch leichten Dunst gefiltert war, auf die Hügel zu. Ich ging noch langsamer, als ich mir in den vergangenen Wochen angewöhnt hatte. Die Sonne trieb mir Tränen aus den Augen. Es war ein so wunderbarer Tag, kaum Wind, schon Frühling, obwohl die Blattknospen alle noch geschlossen waren. Erste Bienen. Ich sah den ersten Schmetterling, einen offensichtlich verirrten Zitronenfalter, Gonepteryx rhamni, wenn ich ihn nicht doch verwechselt habe.
Gefunden wurde der Mann erst am nächsten Tag.
Ich hatte alle paar Stunden an der Rezeption gefragt. Endlich hieß es, ja, man habe ihn entdeckt, nicht weit von einer Nebenstraße am Fuß

der Hügel, zwischen Büschen und Leberblümchen auf dem Bauch liegend.
Tot?
Man hat ihn ins Krankenhaus gebracht, sagte der junge Mann an der Rezeption, der so perfekt Deutsch sprach.
Wo ist das Krankenhaus?
Haben Sie ihn gekannt?
Ja, sagte ich. Nein. Kann man ihn besuchen.
Leider nicht, sagte er. Wenn Sie nicht mit ihm verwandt sind.
Wird er es überleben?
Darüber durfte der junge Mann nicht sprechen. Jedenfalls nicht mit mir. Ich glaubte ihm nicht. Ich glaubte, sie wollten uns nicht wissen lassen, daß es möglich war, in der schönen Provinz Padua in unmittelbarer Nähe von lebenspendenden Quellen und gepflegten Hotels einen unvorhergesehenen Tod zu finden.
Ich fuhr vollkommen aufgewühlt von widersprüchlichen Gefühlen nach oben und packte meinen Koffer, obwohl es noch zwei Nächte dauerte bis zu meiner Rückreise. Mir war einerseits, als würde ich hier etwas Wichtiges versäumen, andererseits konnte ich es nicht erwarten, zu Hause zu sein, und merkwürdig war, daß sich beides nicht unterscheiden ließ. Der Koffer erinnerte mich an die Abreise vor drei Wochen, die bereits sehr weit in der Vergangenheit versunken schien. Damals hatte ich mit einer solchen Ratlosigkeit gepackt, als wäre ich nie zuvor verreist gewesen. All die Jahre hatten Reisen so im Zeichen der Familie gestanden, daß sie mir gar nicht als

Reisen im üblichen Sinne, sondern eher als eine besonders anstrengende Sparte der Hausfrauenarbeit erschienen waren. Ungeübt, wie ich also gewissermaßen war, war es mir zu meiner großen Verblüffung dennoch gelungen, genau das einzupacken, was sich an Ort und Stelle als das Notwendige und Angenehme erwies. Nichts fehlte, und nichts war überflüssig. Alles wieder einzupacken war einfacher, als es auszuwählen. Die Zeit, die hier ohnehin andern Gesetzen gehorchte, wurde von da an noch langsamer. Am letzten Tag zog sie die Stunden nicht nur langsam, sondern darüber hinaus ruckweise vorbei und machte dazwischen lange Pausen.

Ich kam so spät in die Badehalle, daß der Bademeister schon mit einem Schlüssel an der Tür stand, um abzuschließen. Er ließ mich trotzdem ein. In respektvollem Abstand setzte er sich neben meine weiße Liege, eine Liebeserklärung in liebenswürdigem Deutsch murmelnd. Ich brauchte eine Weile, bis ich ihn verstanden hatte. Es ging um meine Augen. Ich wünschte, ich hätte ihm erklären können, daß mich seine Aufmerksamkeit freute, auch wenn ich keinen Gebrauch davon machen wollte. Aber dafür war sein Deutsch noch zu neu, und mein Italienisch reichte auch nicht, obwohl es vom täglichen Lernen Fortschritte gemacht hatte. Das einzige, was ich konnte, war, mich zu verabschieden und zu erklären, es sei mein letzter Tag.

Am Montag war es soweit.
Ich stand, obwohl es nicht nötig war, so früh auf wie sonst. Die Sonne, schon ein gutes Stück nördlicher als beim erstenmal, erschien weit oberhalb des Horizonts im Ostdunst, indem zunächst die Stelle deutlich wurde, wo sie sich zeigen wollte. Dann trat die Andeutung ihres vollkommenen Runds aus dem Grau hervor in einem tief getönten Rot, welches sogleich sehr deutlich und sehr rot wurde. Unterdessen zogen vom Fuß der Hügel her Nebelfelder, in denen von unsichtbarer Hand die ins Dämmrige gemischten Bäume einzeln und in Gruppen hervorgehoben und am Ende auch die rundlichen Häupter der Pinien, die im Osten in einer Reihe zum Bahnhof hin verliefen, und schließlich Büsche, Eisenbahngestänge, Häuser, und sogar die noch verlassen auf dem Baufeld stehenden Bagger und Wagen vom Nebel erst einzeln herausgearbeitet wurden, um dann nach und nach in ihn einzusinken, während die zierlichen Zungen der Nebelfelder weiter ostwärts zogen.
Ich sehe es vor mir, als wäre es gestern gewesen.
An die stundenlange Bahnfahrt dagegen erinnere ich mich nicht. Doch, ich erinnere mich. Es kann ja nichts anderes sein als Erinnerung, dies in meine Ungeduld geflochtene undeutliche Unbehagen und all diese Landschaften in hoffnungsvoller Vorfrühlingssonne, verbrauchte Spätwinterfarben, so dürr, daß sich tot nicht von lebendig unterscheiden ließ, Feldwege, die immer von neuem im Dickicht verschwanden, Gestrüpp vom Vorjahr,

oft glaubte ich darin eine Menschengestalt zu erkennen, liegend, aber auch Geröll, Wände, Schluchten.

Am Bahnhof nahm ich ein Taxi nach Hause, als täte ich das jeden Tag, wunderte mich nicht darüber, daß niemand gekommen war, um mich abzuholen, und erst als ich die vertraute Wohnungstür aufschloß, bekam ich Herzklopfen. Kein Mensch würde erwarten, daß sich in einem seit zwanzig Jahren bestehenden Haushalt etwas verändert, wenn die Hausfrau einmal für drei Wochen zur Kur fährt. Ich aber war vor lauter Lebensunerfahrenheit darauf gefaßt, daß sich nicht nur etwas, sondern möglicherweise alles geändert hatte. Tatsächlich spielte sich das Erkennen der vertrauten Räume auf die übliche Weise ab: manche erschienen größer, andere kleiner und alle dunkler als erwartet. Die neue Farbe im Badezimmer, durch die offene Tür gleich sichtbar, verblüffte mich, weil sie erst seit einem Jahr da und darum durch das Reisen in Vergessenheit geraten war.

Die Töchter kamen nach und nach aus ihren Zimmern und setzten sich zu mir in die Küche. Die Türen blieben offen, so daß eine einzigartige Hintergrundmusik aus drei unzusammenhängenden Stimmen entstand. Ich kam aus dem Staunen darüber, daß ich drei so große und so wunderbare Töchter hatte, gar nicht mehr heraus.

Wie geht es euch? sagte ich begeistert.

Papa hat sich eine neue Uhr gekauft, sagte unsere Älteste.

Er hat doch schon eine.

Diese geht genauer.

Ich schüttelte den Kopf und sagte: Hoffentlich keine ITA.

Warum?

Nur so.

Du hast gut geraten, sagte Gabi.

Plötzlich kam mir zum Bewußtsein, daß mein Mann, wenn er von seinen Reisen zurückkam, den Kindern immer Geschenke mitbrachte. Manchmal wurden diese Geschenke unauffällig belächelt, da sie von einem Vertreter der aus der Mode gekommenen Generation stammten, aber weil er ihr Vater war, wurden diese Geschenke trotzdem geliebt und sogar sehnlich erwartet. Und nun, da ich, ihre Mutter, zum erstenmal allein verreist war, kam ich mit leeren Händen zurück.

Ich glaube, es hätte euch nichts gefallen, sagte ich, damit sie nicht dachten, daß es mir an Liebe fehlte.

Du brauchst nichts mitzubringen, war die freundliche Antwort.

Ich weiß nicht, was sie wirklich gedacht haben. Daß ich auf mehreren Märkten und in noch mehr Geschäften war, um etwas für sie zu finden, behielt ich für mich. Wer wirklich liebt, gibt nicht auf, oder? Ich hatte ernsthaft an meiner Fähigkeit gezweifelt, zu wissen, was für jede einzelne das richtige war. Vielleicht würden sie auch das für ein Zeichen von mangelnder Liebe halten. Daran, daß diese jungen Frauen selbst schneller kapitulie-

ren, wenn sie ein Geschenk machen wollen, und verständnisheischend mit den Schultern zucken, daran dachte ich in diesem Augenblick der Wiedersehensfreude und des damit fröhlich verschränkten schlechten Gewissens nicht.
Bist du dicker geworden? sagte die Zweitälteste.
Vielleicht, sagte ich vergnügt. Es störte mich nicht.
Meine schlanken Töchter wechselten ratlose Blikke. Die Älteste runzelte die Stirn und sagte: Mama! Paß auf, daß du nicht alt wirst.
Ihre Sorge machte mich glücklich, weil ich mich so gut fühlte.
Dann fragte sie: Wie war die Kur?
Wunderschön, sagte ich zu meiner eigenen Überraschung. Am Ende konnte ich es kaum noch erwarten, wieder nach Hause zu kommen. Das sagte ich jedoch nicht, da sie sich offensichtlich viel weniger gefreut hatten als ich. Die Wohnung war keineswegs zu einem großen Willkommenslächeln herausgeputzt. Außerdem wäre mir nicht ganz leicht gefallen, ihnen zu erklären, worauf ich mich so freute. Ich war glücklich, daß alles noch da war und daß es nun ganz neu sein würde.
In diesem Augenblick klickte es in der Wohnungstür. Adam drehte seinen Schlüssel auf seine alte Weise. Ich sprang auf, fand ihn ein wenig verlegen, was mir reizvoll schien, da er ja zum erstenmal in die Lage kam, eine lange entbehrte und nun zurückgekehrte Ehefrau wieder in die Arme zu schließen, und sah ihn an. Er war wirklich, wie ich es mir gewünscht hatte, verändert. Er hatte nicht nur eine neue Armbanduhr. Er hatte auch einen neuen Haarschnitt, der sich gut anfühlte

und den Beginn eines neuen Lebensabschnitts anzukündigen schien.
Ich freute mich unbändig auf den Augenblick, da wir allein sein und das Licht ausmachen würden.
Komm, flüsterte ich, als dieser Augenblick so gut wie gekommen war.
Was ist denn? sagte er.
Ich machte das Licht aus. Auch ihn ergriff Wiedersehensfreude, ein ungewohntes Ereignis, das ihn beflügelte und zugleich verwirrte. Er brummte etwas, das ich nicht verstehen konnte. Mir schien es wunderbar, ihn nicht zu verstehen. Seine Stimme genügte mir. Er war warm, aber nicht überall. Auf seiner Haut fanden sich, was ich in zwanzig Jahren nie bemerkt hatte, kalte Stellen, und mit der Zeit wurden sie wärmer.
Das kitzelt, sagte er.
Ich lachte.
Was hast du? sagte er.
Ich konnte nichts sagen und war glücklich.
In der Nacht wachte ich auf, kroch unter seine Decke und weckte ihn langsam, aber sicher auf.
Ich muß morgen früh raus, sagte er.
Das ist erst morgen, flüsterte ich voller Vorfreude.
Schlaf jetzt, sagte er. Und er sagte es so, als wäre das Gespräch zu Ende.
Ich will nicht schlafen.
Ich versuchte, ihn wach zu halten.
Mein Mann fand das unerhört.
Was hat sich ereignet? Hier die Begebenheiten in Kürze. Es sind, wenn ich ehrlich bin, nicht eigent-

lich Begebenheiten, bloß ein paar Tatsachen von unangenehmem Charakter und ihre Folgen. Heute würde ich sagen, ich hatte es einen Augenblick in der Hand, den Ereignissen nicht ihren tatsächlichen, sondern einen anderen Verlauf zu geben. Das eine oder andere hätte ich anders machen können. Aber das Bild, das ich von unserm langjährigen gemeinsamen Leben hatte, geriet unvermittelt so durcheinander, daß ich ein wenig Zeit brauchte zum Nachdenken. Und diese Zeit hatte ich nicht. Zweifellos brauchte auch er Zeit zum Nachdenken, aber ich würde heute sagen, er hatte nicht viel fürs Nachdenken übrig und verwendete seine Zeit lieber für andere Dinge. Das ist ungerecht. Also noch einmal. Er war ein Freund des Nachdenkens, aber es gab Gelegenheiten, wo es nicht hingehörte. Nachdenken im falschen Augenblick konnte ihn rasend machen. Ich hatte das bis dahin nicht gewußt. Auch falsch. Ich hatte es ein paarmal erlebt, wenn wir uns bei irgend etwas, das die Töchter betraf, nicht einig waren. Ich hätte es wissen müssen. Er konnte nicht aushalten, daß von den falschen Leuten im falschen Augenblick auf falsche Art über die falschen Dinge nachgedacht wurde. Ich glaubte allerdings nicht, daß irgendwann ich diejenige sein konnte, die ins Schußfeld geriet.

Ich hätte es vermeiden können. Erst faßte ich mir an den Kopf und staunte, daß ich mich nicht auf ein Minimum an Menschenkenntnis verlassen hatte. Dann war ich mir nicht mehr sicher, ob das, was ich getan und unterlassen habe, nicht doch genau das war, was ich tun und unterlassen wollte. Ich wußte es nur noch nicht.

Aber der Reihe nach.

Es dauerte keine Woche, bis es soweit war, daß Adam sagte: Kaum schickt man dich einmal um der sogenannten Gesundheit willen in den Süden.

Ich wartete auf den Hauptsatz, aber Adam zog es zunächst vor, mich im unklaren zu lassen über das, was er sagen wollte. Ich machte mir also meine Gedanken.

Dabei fing diese Woche so an, als sollte sie ein seit langem aufgegebenes und nun von neuem bereitstehendes Paradies einleiten. Zum erstenmal seit langer Zeit freute ich mich bei der Tagesarbeit wieder darauf, daß Adam nach Hause kam. Er gefiel mir wie schon lange nicht mehr. Sein Lächeln sah ein wenig abgenutzt aus, aber wenn man genau hinschaute, war noch viel übrig. Seine Haut hatte an Glanz eingebüßt, war aber interessanter geworden. Rauhe und feine Stellen, die vielerlei Abstufungen von darunter verborgener Härte und Weichheit, die immer neue Art, wie Höhlungen und vorgewölbte Stellen ineinander übergingen, die Ausbreitung und die Dichte von Haaren, von weichen, härteren und gekräuselten, ihre Verdünnungen, ihr Fehlen, die wunderbare Glätte und die ebenso wunderbaren Rauheiten seiner Haut, Partien, die schnell auskühlten und gewärmt werden mußten, und andere, die immer warm waren und bereitwillig ihre Wärme so weitergaben, daß mir das Herz stockte, all das war ein

 aufregendes Feld für körperliche Neugier und

Glück. Ich war begierig auf alles, was ich noch nicht kannte oder noch nicht genau genug kannte. Und zum erstenmal fühlte ich mich, als könnte ich doch die Frau werden, die er all die Jahre vermißt hatte.
Tagsüber machte ich mich an das, was im Laufe von drei Wochen in einem Haushalt liegenbleiben kann, und abends störte ich ihn beim Schlafen. Ich zählte seine Rippen. Ich war begeistert. Er sagte: Was soll das?
Ich lachte. Magst du das nicht?
Er konnte nicht antworten. Er konnte nicht einmal feststellen, ob er das, was wir taten, gern hatte, weil es ihn verwirrte. Es fügte sich in keine Gewohnheiten, und das sollte es ja auch nicht. In mir oder in dem, was mein Körper war, war eine verblüffende Begeisterungsfähigkeit aufgetaucht, die darin bestand, den seinen nach all den Jahren zu entdecken und zentimeterweise abzugrasen, und er schien nicht recht zu wissen, ob er es genießen oder zurückweisen sollte.
Was ich Begeisterung nannte, war für ihn Egoismus.
Ich bin keine Maschine, sagte er am dritten Tag oder, um genauer zu sein, in der dritten Nacht. Als ich darum bat, erklärte er es mir. Er konnte die Situation nur deuten als eine Aufforderung zu funktionieren, und zwar schneller.
Nicht schneller, sagte ich. Langsamer.
Wie stellst du dir das vor?
Wunderbar, sagte ich.
Dann schwiegen wir eine Weile. Er starrte die Wand auf seiner Seite an, ich die auf meiner.

Vielleicht, dachte ich, sollte ich es doch lieber ihm überlassen, was er wann und wie schnell tut.
In dieser stillen Minute erhob sich zwischen uns die feine Stimme einer Mücke, die zu glauben schien, wir seien endlich eingeschlafen. Es gibt wenige Geräusche in Schlafzimmern, die mit so geringem Aufwand so große Wirkungen hervorbringen. Hinter dem einen oder andern Ohr tauchen sie unvermittelt dann auf, wenn man mit ihnen nicht rechnet, nehmen mit unbeschreiblichem Einfallsreichtum und ebenso unbeschreiblicher Unberechenbarkeit ihre wechselnden Positionen im Niemandsland der Nacht ein, täuschen durch Verstummen, das wiederum uns verleitet, einen hoffnungsvollen Schlag auf den vermuteten Landeplatz auszuführen, was eine Mücke immer dazu benutzt, die Gefahrenlage zu sondieren und sich durch Schweigen und Neuordnung des Reviers einen Vorteil zu verschaffen. Aber so fangen wir sie nie. Mit einer gewissen Erbitterung stand Adam auf und machte Licht an, um die Mücke zu jagen, weil er mit den dazu oft erforderlichen riskanten Kletterpartien mehr Erfolg hat als ich und weil Mücken seinen heiklen Schlaf mehr stören als meinen. Ich war glücklich, als er wieder im Dunkeln neben mir Platz genommen hatte.
Tu's für mich, bat ich. Ich mach es so gern.
Er sagt Na gut, meint nein, ärgert sich, daß meine Gegenwart ihn trotzdem reizt, und versucht, die Wirkung zu unterdrücken.
Es war in dieser Nacht, als ich immer wieder wach neben ihm lag und mich fragte, was tun. Es schien das ein Angelpunkt zu sein, wie wir ihn oft erle-

ben, aber selten wahrnehmen, dieser eine Augenblick, in dem man noch hätte umkehren können, an einem Punkt in der Vergangenheit wieder anknüpfen und von diesem aus so weiterleben, wie man bisher gelebt hatte, wenn man das wollte. Die Frage war, ob ich das wollte. Darüber konnte ich mir damals nur schlecht Klarheit verschaffen. Später, aus der Ferne zurückblickend, schien es mir manchmal leichter einzuschätzen, was ich mir hätte wünschen sollen. Oft aber wurde das Bild auch wieder unklar, denn es verquickte sich immer von neuem eine Möglichkeit mit andern, die in Augenblicken der Entbehrung verlockend erschienen, so widersprüchlich sie auch sein mochten. In jenem Augenblick selber wußte ich nur, daß es nicht recht wäre, so schnell aufzugeben.

Nun waren unsere Nächte nicht das einzige, was sich veränderte.

Ich hatte mich in drei langen Wochen daran gewöhnt, daß die Minuten sich in Geschwindigkeiten bewegten, die überhaupt nicht in unsern Haushalt paßten. Etwas in mir war langsam geblieben. Aber während ich im Innern mich gemessen und glücklich bewegte, begannen meine Hände bereits, Notwendiges schnell zu erledigen, wobei mein Kopf ihnen wie von weitem und irritiert zusah. Die Füße zögerten noch, mich schneller von einem Schritt zum nächsten zu bewegen, aber als ich allmählich anfing, wieder kürzer zu atmen, gaben sie nach und taten, was verlangt wurde. Aber nur die Füße. Sonst blieb vieles langsam. Und das heißt, ich wurde mit den notwendigen Arbeiten nicht dann fertig, wenn ich es wollte oder

sollte. Oft wurden Aufbrüche verzögert, weil ich mich bei Vorbereitungen verspätet hatte.
Adam schaute mich fragend an, als er merkte, wie langsam ich das Dringendste erledigte.
Es ist alles in Ordnung, sagte ich. Damit war gemeint, daß mir nichts mehr weh tat.
Sonst herrschte Unordnung. Die Uhren verwirrten mich, weil sie mir sprunghaft vorkamen. Mir war, als müßte ich in verschiedenen Geschwindigkeiten leben, welche gleichzeitig und unerbittlich unsere Tage durchliefen, und nicht nur so wie eine Person, die mit der linken Hand auf einem Dreivierteltakt beharrte, während die Rechte sich in sieben Achteln bewähren sollte. Nein, ich konnte nicht mehr drüber hinwegsehen, daß meine Augen zugleich in einem Takt arbeiten wollten, der von dem der Hände ganz unabhängig war, und ich wußte, wenn es mir nicht gelang, beides zu koordinieren, würden die Hände ihre Aufgabe nie erfüllen, da ja darüber hinaus die Ohren in ihren winzigen Vibrationen die Botschaften aus der Außenwelt aufnahmen, und dann jedes Organ weiterarbeitete nach seinen eigenen Tempovorgaben, seiner eigenen Uhr, und jede einzelne Zelle ihren eigenen Takt schlug im Vorübergehen der Zeit.
Nicht nur darum war es schwierig, meine guten Vorsätze, die die Töchter betrafen, in die Tat umzusetzen. Alles, was vor meiner Abreise zwischen uns nicht so war, wie ich es mir wünschte, bestand weiter. Ich war so überrascht, wie man nur sein kann, wenn man mit zu großen Erwartungen nach Hause kommt. Ich hatte im Ernst

damit gerechnet, auch für sie würden diese drei Wochen eine Epoche innerer Veränderungen sein. Das allerdings hatte es auch gegeben. Annette fiel neuerdings dadurch auf, daß sie jedes Aufräumen verweigerte. Außerdem gewöhnte sie sich an, wenn ich sie etwas fragte, so leise oder so undeutlich zu antworten, daß ich gerade eben nicht verstehen konnte, was sie sagte, und jedesmal vor der unangenehmen Entscheidung stand, entweder zu erraten, was sie meinte, und mich dabei möglicherweise sehr zu irren, oder nochmals nachzufragen, was mir noch mehr zuwider war, weil es meinen Fragen etwas Bohrendes oder Hartnäckiges verlieh, was ich überhaupt nicht im Sinn hatte. Außerdem steht man ziemlich dumm da, wenn man wieder mal nichts versteht. Sabine schüttelte weiterhin mit wechselndem Ausdruck den Kopf über das, was ich tat oder nicht tat. Beide belächelten mich auf ihre Weise, während sich nur Gabi um ein wenig Einfühlung bemühte. Nicht daß ich allzuviel Einfühlung gebraucht hätte, aber bloß unverstanden fühle ich mich nicht gern.
Eins hatten die Töchter gemeinsam, und das war neu: alle drei tranken Milchkaffee. Adam war es offensichtlich gelungen, die Töchter, nachdem ich es jahrelang vergeblich versucht hatte, davon zu überzeugen. Jetzt, da es zu spät ist, dachte ich. Weit entfernt, über dieses Thema eine neue Diskussionsrunde einzuläuten, verschwieg ich, was ich inzwischen gelernt hatte. Ich ließ auch nicht unauffällig den Zeitungsartikel herumliegen, damit sie sich selbst ein Bild machen konnten. Von einer Mutter wird zwar erwartet, daß ihr die Ge-

sundheit ihrer Lieben nicht gleichgültig ist. Genau das aber schien bei mir neuerdings der Fall zu sein. Ich sah sie an und dachte: Sie sind groß genug. Sie müssen selber wissen, was gut ist für sie.

Es war noch in der zweiten Woche, daß Adam anrief, um zu sagen, er werde später nach Hause kommen. Das wiederholte sich. Mir wurde unbehaglich.

Ins Kino? sagte ich. Hast du nicht gesagt, die Sitzung wäre heute?

So etwas sollte man verschweigen. Aber das gelingt mir nicht immer, weil ich gern weiß, was die Wahrheit ist.

Weder noch, sagte Adam.

Ich fragte nicht weiter.

Einem Club sei er beigetreten, sagte er dann.

Club?

Schmetterlingszüchter. Heute bereiten wir die nächste Versammlung vor.

Bist du noch dran? fragte er, weil ich vor Überraschung lange nichts sagte.

Ja, natürlich.

Adam hatte weder Kleingeld noch Zeit, um länger mit mir zu telefonieren.

Eine Woche später kamen die ersten Abende, an denen er gar nicht oder erst dann kam, wenn ich schon schlief. Mir wollte nicht einleuchten, daß Schmetterlinge einem glücklichen Eheleben im Wege stehen sollten, und wachte bereitwillig wieder auf, sobald er das finstere Schlafzimmer be-

trat. Manchmal, wenn ich allein unter unserm Bild mit den verbotenen Früchten lag und das Licht ausmachte und der Uhr beim Ticken zuhörte, stellte ich mir vor, daß seine Verspätungen vielleicht doch nicht auf Schmetterlinge oder auf Schmetterlinge allein zurückzuführen waren. Wenn er dann kam, brachte er ungewohnte Gerüche mit. Wie denn auch nicht, dachte ich im Dunkeln bei mir, während er sich Stück für Stück auszog und alles leise auf einen Stuhl legte.
Als wüßte er, daß ich nicht schlief, sagte er nach einem längeren Schweigen: Ich hätte nicht gedacht, daß du das derart ausnützen würdest.
Ein mehrdeutiger Satz, dem ich auf den Grund gehen sollte? Keineswegs. Wenn man zwanzig Jahre zusammenlebt, hat man gelernt, sich die eindeutigsten Botschaften durchzugeben mit Worten, an denen Außenstehende lange herumrätseln müßten. Und umgekehrt kann es auch vorkommen, daß ein Satz, der klare Information zu enthalten scheint, alles offen läßt. So können sich Leute, die auf engem Raum zusammenwohnen, den andern vom Hals halten, ohne die Form zu verletzen. Trotzdem verstand ich Adam nur sehr unvollkommen. Wie wäre es sonst möglich, daß ich so erschrocken war?
Noch heute habe ich Herzklopfen, wenn ich seine Stimme höre, diesen Satz, wieder und wieder. Aber auch andere. Seine Worte am Morgen, wenn ich an den Rändern des Wachseins, wo die tiefgründigen Wogen des Schlafs rollend sich überschlagen und in einzelnen Brandungswellen ans Ufer rauschen, mich mit ihnen wieder zu-

rückschleifen lasse in die Erinnerung. Ich höre die Echos.

Nie habe ich eine Antwort bekommen auf meine Frage, warum Adam, der meine Freude an Schmetterlingen nie geteilt und sie bei jeder Gelegenheit fliegende Raupen genannt hatte, ausgerechnet sie jetzt züchten wollte.

Endlich etwas Lebendiges, sagte er, was mich überraschte, da er ja Tag für Tag lebendige Kinder in toten Sprachen zu unterrichten hatte. Ihm war es Ernst. Fotokopierte Blätter mit Vereinsmitteilungen und neue Bücher kamen ins Haus. Er brachte Holz, Drahtgeflechte, Gaze, einen neuen Fuchsschwanz und Nägel mit. Es war Frühling, strahlende Tage, und jede Stunde, die er nicht in der Schule verbringen mußte, ging er nun auf den Balkon, um dort, nachdem er sich eine improvisierte Hobelbank eingerichtet hatte, zu arbeiten. Bevor er wieder zu uns hereinkam, deckte er alles sorgfältig mit Kunststoffplanen zu, damit kein Aprilregen seinen Latten und Kästchen etwas anhaben konnte.

Mir machte das ein wenig Sorgen. In unsern gemeinsamen Jahren hatte er nie ein freundschaftliches Verhältnis zum Handwerkszeug entwickelt, so daß meistens ich dran war, wenn jemand einen Nagel einschlagen, eine Lampe aufhängen oder ein Möbelstück leimen mußte, allein schon, um die kleinen Unfälle zu vermeiden, die sich leicht ereigneten, wenn er bei diesen Dingen half. Aus diesem und andern Gründen bot ich ihm an, bei seinen Plänen, die Schmetterlinge betreffend, zu helfen. Aber er hatte sich entschlossen, das ganz allein seine Sache sein zu lassen. Das klang fast so, als sei ich in unsern gemeinsamen Jahren diejenige gewesen, die ihm dabei im Wege gestanden hatte, wenn es darum ging, seine wahren Interessen in die Tat umzusetzen. Darum wollte er auch nicht, daß ich vom Butterfly Arc erzählte, und es schien ihn zu beruhigen, daß ich die Anlage geschlossen gefunden hatte.

Wir können im Sommer zusammen hinfahren, sagte ich.

Aber der Sommer war weit, und Menschen, die eben einen neuen Abschnitt in ihrem Leben beginnen, sollten nicht so weit in die Zukunft greifende Pläne machen.

Es wurde Mai, der Weißdorn blühte, aber nicht in meinen Träumen.

Unsern drei Mädchen gefiel die neue Leidenschaft ihres Vaters. Man sah sie in ihren freien Stunden über Gedrucktes gebeugt. Das war ungewöhnlich. Noch ungewöhnlicher war, daß sie es in Zweier- oder Dreiergruppen taten. Neue Wörter gaben ihrem Alltagswortschatz ungewohnten Glanz. Außerdem begann Sabine, ihren Vater Siegfried zu nennen. Als ich es zum erstenmal hörte, erschrak ich und dachte, er würde ihr ins Gesicht springen. Er tat nichts dergleichen. Es gefiel ihm. Er lächelte, als sei er zum erstenmal richtig verstanden worden. Hatte ich etwas Wesentliches falsch gemacht? Oder können es nur Siebzehnjährige richtig machen?

Der Balkon wurde das heimliche Zentrum unseres Lebens. Es war aber kaum noch möglich, dort die Familie zu einem sonnigen Sonntagsfrühstück zu versammeln. Hölzerne Gerüste in verschiedenen Größen und Formen begannen Gestalt anzunehmen und sich dort zu stapeln. Glasscheiben wurden zugeschnitten. Manche brachen. Vielerlei Holz lag auf dem Boden, und die Spinnen, die sich darüber freuten, kamen täglich durch die Tür in unsere Stube herein. Ich bin imstande, ein Spinnennetz vor dem Fenster zu schonen und wie ein Heiligtum täglich zu betrachten, auch wenn sich mehr und mehr Leichen darin schaukeln. Aber in unserer Stube mochte ich Spinnen trotzdem nicht. Wir wissen alle, daß Spinnen nicht böse, nicht gefährlich, nicht einmal unangenehm sind. Sie beißen, kratzen, stechen und stinken nicht. Sie sind nicht schleimig und nicht stachlig. Warum wollte ich trotzdem, daß sie unsere Wohnung verlassen?

So fragte Gabi. Sie weigerte sich, Spinnen zu entfernen und plädierte dafür, die Wohnung mit ihnen zu teilen, und fand ihre Mutter kleinlich, pedantisch und inkonsequent. Wahrscheinlich fand sie mich auch verlogen, aber das sagte sie nicht. Unsere Jüngste tötete Spinnen, weil sie sonst wieder hereinkamen. Sie wollte das Morden aber nicht selber besorgen und war froh, wenn das Problem anders gelöst wurde. Sie fand ihre Mutter feige, verlogen und inkonsequent und sagte es auch. Bine dagegen weigerte sich, am Gespräch überhaupt teilzunehmen, weil das ein Thema ohne jede Bedeutung sei und nur von den wesentlichen Fragen der Gegenwart ablenke, und fand ihre Mutter oberflächlich, verlogen und inkonsequent. Ich mochte diese Adjektive überhaupt

nicht, gestand den jungen Frauen aber zu, daß sie von ihrer hohen Warte aus nicht unrecht hatten.
Ihr Vater war, wenn das Thema aufkam, entweder nicht zu Hause, oder er nahm wortlos die Spinne in seine Hand und warf sie aus dem Fenster. Das war männlich, und niemand fand es auf irgendeine Weise inkonsequent, um die ärgeren Wörter hier einmal wegzulassen.

Ungefähr in der dritten oder vierten Woche muß es gewesen sein, daß ich mich auf Adams Heimkehr nicht mehr so recht freute. Und ich hatte allen Grund dazu.
So, sagte er eines Nachts, jetzt möchte ich endlich wissen, wer dir das beigebracht hat.
Wie bitte? war meine Antwort. Schlecht formuliert, das gebe ich zu, aber ich wußte es beim besten Willen nicht anders zu sagen.
Das war der Anfang vom Ende. Wir sind, so wortreich wir auch wurden, über diesen elementaren Dialog nie mehr hinausgekommen. Eines Tages glaubte er mir möglicherweise, daß ich bei keinem andern Mann Nachhilfestunden genommen hatte. Er zog es aber vor, das nicht zu sagen, und mir schien, es war einfacher für ihn, bei der Sprache der Eifersucht zu bleiben, obwohl sie mit der Wahrheit so gut wie überhaupt nichts mehr zu tun hatte. Heute glaube ich, es war ihm lieber, sich mit diesen Fragen zu befassen als mit andern, noch unangenehmeren. Vielleicht war es auch mir

lieber, aber das habe ich bis heute nicht herausgefunden.

Ich habe bei unsern nächtlichen Gesprächen mehr argumentiert, als ein Mensch für möglich halten würde, denn ich nahm an, alles wäre wieder in Ordnung, sobald er mir glaubte, daß ich das war, was man eine treue Ehefrau nennt. Ich weiß, daß es ungewöhnlich ist. Aber es kommt vor. Und ich war auf keine Weise stolz darauf.

Ich hatte nicht damit gerechnet, daß Adam die erotischen Freuden, die ihm in unserer Ehe fehlten, keineswegs von mir wollte. Ich hatte es bloß so verstanden. Abgesehen davon, daß meine Unvollkommenheiten von Anfang an zu unserer Ehe gehört hatten, schienen sie ihm mit den Jahren sogar liebgeworden zu sein als eine Möglichkeit, sein zunehmendes Unbehagen zu erklären. Mir war es immer als taktvoll erschienen, wenn er mich nicht im Ernst mit seinen Wünschen konfrontierte, und dankbar angenommen, er wolle mich schonen, wie man es ja um des freundschaftlichen Zusammenlebens willen oft sollte, aber ich hatte nicht anders können als zu meinen, ich sei es, die etwas für unsere Ehe tun sollte. Zu Unrecht, wie sich jetzt zeigte. Adam glaubte möglicherweise auch daran, daß der Fehler bei mir lag, und diesen Gedanken aufzugeben, muß ihm sehr schwergefallen sein.

Muß ich mich nun, dachte ich in diesen Wochen oder Monaten, mit einem Mann abfinden, der eine Ehefrau braucht, die er für ein wenig einfallslos, müde und abgenutzt und vor allem für berechenbar halten kann, damit er die Vorstellung nicht aufgeben muß, er selbst wäre eine ganz andere Art von Mann, wenn die Lebensumstände ihn nur ließen, und der diese Umstände möglicherweise, wenn niemand zuschaut, ab und zu mit einer schnellen Eroberung herbeiführt, unter der Voraussetzung, daß es etwas ganz und gar Vorübergehendes ist? Nein, sagte ich tapfer.

Ich versuchte, ihn von meiner Rechtschaffenheit zu überzeugen, indem ich die Löcher, die seine vielfältigen Schlüssel ins Innere seiner Taschen zu bohren pflegten, sorgfältig und ausnahmslos ausbesserte. Ich will nicht aufzählen, was ich innerhalb weniger Wochen sonst noch alles ausgebessert habe. Ich habe Hemdkragen abgetrennt, geflickt und gewendet. Die Strümpfe von mehreren Monaten gestopft. Krawatten gebügelt. Kopfschüttelnd nahm er meinen Eifer zur Kenntnis und schloß daraus, daß ich ein schlechtes Gewissen hatte.

Abends saßen wir beieinander auf unseren Sesseln in der Hoffnung, über alles so zu reden, daß es sich endlich zum Guten wendete, und in der noch stärkeren Hoffnung, dieses Reden werde sich bald erübrigen, wenn der Sturm sich von selbst legte, denn wer hätte je mit Worten einen Sturm zur Ruhe gebracht? Obwohl ganz unbestritten ist, daß Stürme irgendwann abflauen, wollten beide Hoffnungen sich nicht erfüllen. Wahrscheinlich sollte ich es nicht einen Sturm nennen. Aber wie dann?

Je mehr ich reparierte, um so mehr fand er, ich hätte alles, was jahrelang so gut funktioniert hatte, mutwillig zerstört. Ich ließ einen von ihm durchgescheuerten Glencheckellenbogen sinken und überlegte, ob ich mich bei der Volkshochschule für einen Kunststopfkurs anmelden sollte.
Ich fragte Adam, um neutrales Gebiet zu betreten, ob er mir dazu raten würde oder ob eine Einführung in die Teezeremonie vorzuziehen sei. Auch die Biologie der Haustiere stand zur Debatte, aber nur kurz, denn Adam sagte: Das ist deine Sache.
Er sagte das jetzt öfter.
Wenn die eine oder andere von den Töchtern bei uns saß, sagte er nichts dergleichen. Dann richtete er das Wort überhaupt nicht mehr an mich, sondern sprach nur mit ihnen.
Ich konnte es gar nicht mehr richtig machen. Auch mit den Mahlzeiten hatte ich mir mehr Mühe gegeben als in den vergangenen Jahren. Aber das war falsch. Es erwies sich als ungünstig, etwas zu kochen, das Adam jahrelang gern gehabt hatte, weil er sich dann irritiert zeigte wie einer, der zu stolz ist, sich bestechen zu lassen, und so war mir, als sei es besser, mich von seinen Vorlieben unbeeindruckt zu zeigen, was mir sehr schwer fällt. Ich ging mit mir zu Rate, ob ich das Essen gelingen oder mißraten lassen sollte. Die Frage war: ist es möglich einen Mann, der sich durch ein erstklassiges Soufflé über den Tisch gezogen fühlt und zu einem Wutausbruch getrieben wird, durch angebrannte Karotten wieder zu versöhnen? Ich habe es nicht nur gedacht, sondern auch ausprobiert. Es hat nichts genützt. Eine

Weile merkte ich gar nicht, wie lächerlich meine Überlegungen waren. Ich glaubte bei allem, was sich abspielte, es müsse sich um ein Versehen handeln. Das war mein Fehler.
Adam hatte längst aufgehört, den neuen Gürtel zu tragen, den er am Tag meiner Rückkehr dankbar in seine Alltagshose eingefädelt hatte, und ihn, als wäre er ein Beweisstück, am Boden liegenlassen. Wortlos hängte ich den Gürtel in unseren Schrank.
Die schlimmsten Dinge wurden halblaut gesagt.
Je mehr er auf irgend etwas pochte, um so weniger wußte ich, um was es ihm ging. Wenn er dann lange nach Mitternacht ins Schlafzimmer zurückkam, schlief ich schon. Ich tat jedenfalls so, damit die Ruhe noch ein wenig anhielt. Morgens stand ich nicht mehr dann auf, wenn er aus dem Haus mußte. Tagsüber rief er an. Kaum einmal verstand ich warum.
Wenn ich einkaufen mußte, und das muß man oft, wenn es darum geht, fünf erwachsene Menschen mit dem Notwendigsten zu versorgen, beeilte ich mich, um nicht länger als unbedingt nötig weg zu sein und keinen seiner Anrufe zu verpassen. Bange Erwartung begann sich in jedem Winkel meiner Seele einzunisten. Der Basso continuo dieses klammen Befindens brachte den Ablauf der Zeit auf eine neue und beängstigende Art durcheinander. Früher hatte jede Sekunde ihren Platz gehabt. Jetzt dagegen schienen sie, da alle es so eilig hatten und gleichzeitig vergehen wollten, sich am Nadelöhr der Gegenwart zu stauen und anzuschwellen, bis sie schließlich gleichzeitig davon-

stürzten in eine Vergangenheit, welche einfach dadurch, daß sie vergangen war, eine gewisse Ruhe ausstrahlte.
Die gemeinsamen Mahlzeiten veränderten sich. Sonderbare Gesprächsthemen, wie wir sie sonst nie gekannt hatten, kamen auf. Fremdwörter flatterten über den Tisch, die ersten Raupen waren in ihre Kästen eingezogen, und neben Fütterungs- und Reinigungsfragen wurden bald Krankheiten zum Thema und vor allem die Frage, ob man, nachdem die ersten Tiere bereits, statt sich zu häuten, tot in sich zusammengefallen waren, die Erkrankung mit Antibiotika behandeln und wie man die damit verbundene Arbeit aufteilen sollte. Daß von Zyankali, Salmiak und Nikotin die Rede war, schien auch mit den Faltern zusammenzuhängen. Aber seit wann interessierten sich unsere Halbwüchsigen auch für Industriespionage oder Agrarpolitik? Anscheinend hatten sie doch vieles von dem gehört, was nur uns etwas anging.
Und wenn Adam und ich allein waren oder, da man in einer Wohnung mit Wänden in allen Richtungen selten wirklich allein ist, uns allein glaubten? Ich habe noch seine Stimme im Ohr. Er schrie keineswegs, aber sie hatte sich vollkommen verändert, seine Stimme, als wäre er außer sich geraten.
Das kannst du anderswo machen, nicht mit mir.
Wieder versuchte ich ihm zu sagen, daß er sich irre, und je mehr ich nach Worten suchte, um so überzeugter wurde er davon, daß er recht hatte. Ich konnte ihn nicht davon abbringen. Am Ende schrie ich vor Verzweiflung in die Kissen, wie ich

die ganze Zeit nur an ihn gedacht und mich darauf gefreut hätte, zu ihm zurückzukommen und ein neues Leben anzufangen, was ihn in seiner Meinung endgültig bestärkte.
Es sollte nicht lange dauern, bis er auf meine Formulierung zurückkam und sagte, wenn du meinst, ein neues Leben anfangen zu müssen, das kannst du haben. Sofort.
Er saß auf der Bettkante und sagte es halblaut. Wir waren uns einig darin, daß die Töchter nach Möglichkeit unsere nächtlichen Gespräche nicht hören sollten. Darum begannen wir, lange, fürchterliche Spaziergänge zu machen, in denen wir beide auf verschiedene Weise nach Worten suchten.
Oft kam er abends nicht nach Hause. Ich war dankbar, daß sich dadurch eine Art Waffenpause ergab und ich mich ein paar Stunden lang erholen konnte. Er versuchte, mit seinen Abwesenheiten Mißtrauen in mir zu wecken oder irgend etwas anderes. Ich wußte nicht, was es war, wußte nicht, was er erreichen wollte, und nicht, was ich tun sollte.
Was soll ich tun? schrie ich um zwei Uhr nachts.
Er starrte mich an, als wäre ich ein Gespenst.
Er verstand meine Frage nicht.

Sonderbar war, daß wir nie mehr alle zusammen am Tisch saßen. Nicht daß jemand etwas dagegen hatte, aber es wollte sich nicht ergeben. Im letzten Moment klingelte unvermutet das Telefon, oder die Töchter trafen auf andere, noch geheimnisvollere Weisen von einem Augenblick auf den anderen Verabredungen, hatten anderswo etwas Dringliches zu erledigen oder wurden ebenso dringlich erwartet. Auch Adam schien jetzt genau das, was er bis dahin für den Inbegriff des Familienlebens gehalten und nach Möglichkeit konsequent durchgesetzt hatte, nicht mehr zuzusagen. Daß er zu Essenszeiten nach Hause kommen konnte, wurde zur Ausnahme. Mich an neue Zeitpläne anzupassen, die bewährte Voraussetzung für häuslichen Frieden, half nichts.

So sah unser gemeinsames Leben aus, als mir eines Tages auf eine besondere Art schlecht wurde. Ein paar Tage später wurde die Vermutung zur Gewißheit: ich war schwanger. Die Töchter wollten erst kaum glauben, daß das in meinem Alter möglich sei. Dabei wußte ich, daß sie es besser wußten. In guten Tagen hatten sie sich manchmal ausgemalt, wie es wäre, wenn wir alle zusammen noch einmal ein Baby hätten. An einem solchen Wunder teilzuhaben, ohne es selbst zur Welt bringen zu müssen, gefiel besonders den beiden Großen.
Du bist bloß neidisch, weil du dann nicht mehr das Familienbaby sein kannst, hatten sie noch vor zwei Jahren einstimmig zu unserer Jüngsten gesagt, eine Bemerkung, über die Annette immer mit der giftigen Grazie derer hinwegging, die sich um keinen Preis blamieren wollen. Mir ist sie in Erinnerung geblieben, weil eine solche Übereinstimmung zwischen den beiden Großen selten war.

Stell dich nicht so an, hatten sie jahrelang zu mir gesagt, wenn ich Einwendungen machte gegen ihren Kinderwunsch.
Bis dahin hatte ich geglaubt, es müsse Menschen glücklich machen, wenn ein langgehegter Wunsch überraschend in Erfüllung geht. Aber so ist es oft nicht. Gabi, Bine und Annette sahen mich an, als hätte ich auf meine alten Tage den Verstand verloren.
Was soll das heißen, sagten sie.
Es heißt, daß wir ein neues Kind bekommen, wenn ich es nicht vorher umbringen lasse. Aber das wißt ihr ja selber.
Wie kannst du nur so darüber sprechen, sagte Gabi. Bine sagte etwas über die schwierige Frage, ob man in unserm Alter nicht hätte aufpassen können. Annette sagte nichts.
Ach, Bine, gab ich kleinlaut zur Antwort.
Hör bitte auf, mich Bine zu nennen, sagte unsere Zweite am nächsten Tag. Ich wußte nicht, was los war, fragte vorsichtig nach und stieß auf Granit. Sabine wollte sie auch nicht genannt werden. Keinen Gedanken habe man darauf verschwendet, einen Namen für sie zu finden, der zu ihr paßte. Sie fragte ihren Vater, warum er mich vor siebzehn Jahren nicht daran gehindert hatte, sie Sabine zu taufen.
Er hatte es vergessen, ich aber erinnerte mich gut, daß dieser Name Adams Idee gewesen war, weil er ihn an die Geschichte des Altertums erinnerte, ohne daß es auffiel. Wir können dich anders nennen, schlug ich vor. Was gefällt dir?
Am besten, du nennst mich überhaupt nicht.

Daran versuchte ich mich zu halten, so gut es ging. Es ging. So etwas ist nicht leicht. Ersatzlösungen wie Liebling oder Kindchen kamen nicht in Frage. Die Folge war, daß mir ihr Name den ganzen Tag auf der Zunge lag und daß ich ihn leise vor mich hin sprach, wenn sie in der Schule oder anderswo unterwegs war, um ihn im entscheidenden Moment besser verschweigen zu können. Für meine Zweite schaffte ich es.

Alle drei wollten sie ihrem Vater, der so sichtlich in eine schwierige Situation geraten war, hilfreich zur Seite stehen. Sie begleiteten ihn bei Exkursionen in die Außenbezirke, wenn es darum ging, Eier auf seltenen Futterpflanzen zu finden. Sie trugen ständig liebevoll angebohrte Plastikbehälter von unverschämt teuren Eiskremsorten und den unvermeidlichen kleinen Spachtel mit sich herum, um Raupen mitzubringen, die ihnen unversehens über den Weg laufen mochten, und trugen ihre Funde gewissenhaft ins Exkursionsbuch ein, mit allen nötigen Angaben, so daß man später nachschlagen konnte, wann und wo welches Tier was und wie gemacht hatte, damit man beim nächstenmal wußte, wo man suchen mußte. Sie halfen ihrem Vater dabei, diese und andere Daten auf Karteikarten zu übertragen. All die neuen Haustiere fanden auf dem Balkon Platz, wurden aufmerksam gefüttert, gemessen und gewogen, beobachtet, gepflegt, gereinigt, gelüftet und in neue Behälter umgesetzt. Wenn sie krank waren, mußten sie gebadet werden. Mit Pinsel und Zerstäuber trug man Penicillinlösungen auf die Futterpflanzen auf. Die Mädchen waren begeistert vom bloßen Gedanken an Schmetterlinge und wollten ihrem Vater helfen, wenn er Zeuge der geheimnisvollen Verwandlung wurde. Eine Familie von Geburtshelferinnen. Merkwürdig war, wie früh schon sie einem Mann nicht zutrauten, daß er irgendwas allein machen konnte. Aber hatte ich es nicht ebenso gemacht? Auch Bücher schleppten sie ins Haus, um ihrem Vater zu zeigen, daß sie auf seiner Seite waren, denn wer für Schmetterlinge war, war für ihn. Überall lagen wissenschaftliche Zeitschriften und Berichte von Fachkongressen. In freien Minuten blätterten sie darin, machten Notizen und sehr lange Listen. Immer wenn zwei zusammenstanden, murmelten sie.

Manchmal träume ich davon. Ich sehe dann ihre Rücken. Ich höre auf die Musik ihrer Stimmen, die ich seit so vielen Jahren liebe, glücklich, obwohl ich den Text nur selten verstehe. Sie dagegen können, wie in jeder andern Oper, mich nicht hören, wenn ich versuche, ihnen etwas zuzurufen.

Einmal, als niemand murmelte und in den Zimmern keine Musik lief, sagte ich: Wer möchte, daß ich dieses Kind zur Welt bringe?

Alle konnten mich hören. Betretenes Schweigen war die Antwort. Es dröhnte durch den Korridor, an dessen diversen Ecken und Türrahmen wir ungleichmäßig verteilt waren. Es war die Art von Schweigen, die der Mensch den Spielverderberinnen entgegenbringt, wenn sie sich nicht für Schmetterlinge interessieren und statt dessen unverdrossen ihre eigenen privaten Sachen in Debatten werfen, bei denen es um etwas ganz anderes geht.

Sie waren jung. Aber es war nicht so, daß sie von einer solchen Frage nichts verstanden. Man konnte geradezu sehen, wie sie in ihren Köpfen alle Fernsehfilme noch einmal abrollen ließen, die sie je zu diesem Thema gesehen hatten. Auf diese Art konnten sie sich mühelos so etwas wie eine Meinung machen. Aber sie schreckten doch davor zurück, diese Meinung zu äußern. Statt dessen nahmen sie mir übel, daß ich eine so schwierige Frage stellte.

Schmetterlinge hatten gerade in diesen Tagen eine noch größere Bedeutung erhalten. Niemand war der Meinung, sie lenkten von den wichtigeren Fragen unserer Gesellschaft ab. Sie waren die neue Aufgabe, wie der Mensch sie gelegentlich braucht, um in der Gleichförmigkeit von Lebensgewohnheiten im Lauf der Zeit nicht abzustumpfen, und in ihnen verbarg sich eine erstaunlich breit gefächerte Palette von Möglichkeiten einer sowohl biologischen als auch kreativen und gewissermaßen gegen die Zeit gerichteten Utopie, von der alle Beteiligten sich nicht nur ein neues Lebensgefühl und neue Impulse in der zwischenmenschlichen Kommunikation, sondern auch eine Rückbesinnung auf verlorene handwerkliche Fertigkeiten versprachen. Wenn es um ein solches Projekt ging, erlebten sie Handarbeit als etwas,

 das sie zu den untergegangenen glücklicheren

Zeitaltern einer weit zurückliegenden Vergangenheit mit möglicherweise, auch das studierten sie, matriarchalen Strukturen in eine geheimnisvolle Verbindung brachte, während jede Anwendung ihrer manuellen Fertigkeiten, wenn sie einem nützlichen Zweck in unserm Haushalt oder meiner Entlastung dienen sollte, ihnen als Zumutung erschien, welche sie als autoritären Übergriff und eine zwar von ihrer Mutter kommende, aber dennoch ihrer Natur nach patriarchale Attacke verstanden.

Dagegen Anfragen, die ihr Vater an sie richtete, wurden als geistige Anregungen erlebt.

Ich schlief schlecht. Nachts wachte ich auf, schreckte geradezu hoch und dachte, du bist ungerecht. Du siehst nur die eine Seite der Ereignisse. Lange brauchte ich in der Dunkelheit, bis mir einfiel, daß das nicht stimmte. Versuchte ich nicht wie besessen herauszufinden, was in Adam wirklich vorging? Nur daß all die Mittel, die mir früher dabei geholfen hatten, versagten. Und war ich nicht ebenso besessen auf der Suche nach Möglichkeiten, etwas besser zu machen? Das ist nicht genug, sagte eine innere Stimme. Ich nenne sie so, weil die Formulierung gebräuchlich ist, obwohl niemand weiß, was damit genau gemeint ist. Ich bin immer geneigt, einer solchen Stimme recht zu geben. Ich verkroch mich wieder unter meiner Decke, was jedoch nichts hilft gegen Stimmen.

Am andern Morgen, grau und zerknittert vom Grübeln, hatte ich das Problem noch immer nicht gelöst. Aber eines durfte ich als sicher annehmen: ich hatte keine Ahnung, was ich hätte besser oder anders machen sollen oder noch anders machen könnte. Es fiel mir wirklich nichts ein. Keine einzige klägliche Alternative, die mir trotz oder wegen ihrer Kläglichkeit durchführbar erscheinen wollte.

Dennoch mußte, was meine Schwangerschaft betraf, eine Entscheidung gefällt werden, und das mußte bald geschehen. Sonst mag es ein Fehler von mir sein, wenn ich nicht weiß, was ich will. In diesem Fall aber wäre es ein Fehler gewesen, hätte ich allein gewußt, was ich wollte. In diesem Fall nämlich wollte ich etwas, das wir gemeinsam wollten, und nur das.

Ich fragte Adam, und Adam sagte: Das ist deine Sache.

Ich höre ihn noch, als hätte er es gestern gesagt. Wenn es meine Sache war, konnte ich das Kind nicht wollen. Die Töchter saßen in ihren Zimmern, durch Musik und Geistesabwesenheit unerreichbar geworden.

Ist noch jemand da? kreischte ich.

Nach und nach wurde es hinter den Türen still. Und als sie aufgingen, fuhr ich fort:

Bin ich die einzige, die sich für dieses Kind interessiert?

Das Schweigen in den einzelnen Türrahmen war voller Nebengeräusche, das Knistern der Schwellen unter den Gewichtsverlagerungen, das Rauschen von Haaren, wenn eine Mädchenhand hindurchgezogen wurde, das Knacken von Kehlen, die nicht mehr recht wußten, wie geschluckt werden sollte, ein Hauch, wenn von dieser oder jener Lunge wieder geatmet wurde.

Unsere Älteste rettete die Situation, indem sie sagte: Also wirklich, Mama.
Ich glaube, es war das erstemal, daß sie Mama sagte. Aber ich kann mich irren.
Adam sagte nichts, ich glaubte aber zu wissen, was er gesagt hätte, wenn die besondere Stille es ihm erlaubt hätte. Später, als wir allein waren, sagte er statt dessen: Ist es wirklich nötig, daß du hysterisch wirst? Die Situation ist auch so schon schwierig genug.
Das war sie. Adam ging nicht so weit, Beweise dafür zu verlangen, daß dieses Kind von ihm war. Aber er ließ durchblicken, daß ich froh sein mußte, wenn er mich nicht fragte.
Von da an fragte ich ihn nicht mehr.
Ich organisierte das Notwendige. Erst ein Gespräch mit einer Psychiaterin, der ich, aufgelöst, wie ich war, nicht in jedem Punkt ehrlich, aber glaubwürdig erklärte, ich wollte nicht den Rest meiner Lebenserwartung damit zubringen, daß ich angesichts von drei verächtlichen erwachsenen Töchtern neben einem haßerfüllten Vater ein Kind aufzog, das ganz allein meine Sache war. Dann die Überweisung vom zuständigen Hausarzt, einen Termin beim Spezialisten, und als ich auch diesen Termin hinter mich gebracht hatte, nahm ich ein Taxi und fuhr nach Hause. Benommen lag ich auf dem Sofa, als die andern nach und nach heimkamen. Und dort verbrachte ich auch die Nacht und die folgenden Tage. Mir war, als machten alle einen Bogen um mich. Adam ging nur für die allerdringendsten Handgriffe auf den Balkon, weil es regnete. Er fragte mich aber, wie es

mir ging, und ich meinte, in seiner Stimme so etwas wie Genugtuung darüber zu hören, daß dieses Kind, das nicht in unsere Familie gehörte, aus dem Weg geschafft war. Vielleicht war diese Annahme falsch. Man täuscht sich leicht, wenn es einem schlecht geht. Unverkennbar aber war in seiner Frage dieser Ton abgrundtiefen Verletztseins, wie nur er ihn in seine Stimme zu legen versteht, so daß ich mich über seine Aufmerksamkeit nicht freuen konnte. Er verbrachte seine Abende in der Küche, und wenn er nicht am Lesen war, korrigierte er Schulhefte. Sobald ich mich entschlossen hatte, nicht mehr traurig zu sein, stand ich wieder vom Sofa auf und begann, die nächsten Schritte zu organisieren. Ich hatte schlechte Träume.

Am Anfang war ich sehr darauf bedacht, alle Spuren zu verwischen. Mit der Zeit wurde es mir gleich. Meine Papiere blieben in der Wohnung liegen. Es war das ein Privileg, das bis dahin nur den andern zugestanden hatte. Erst neben dem Bett, dann auch auf dem Küchentisch begannen Anzeigen herumzuliegen, die ich mir aus den Zeitungen ausgeschnitten hatte. Es kamen Durchschläge hinzu von Briefen, die ich an verschiedene Adressen schickte. Mit der Zeit kamen auch Antworten von hier und da. Wenige. Keine guten. Mir war nicht klar, was man als erstes braucht, eine Wohnung oder eine Arbeit. Es war schließlich das erstemal, daß ich in den Fall kam, meine Familie zu verlassen, und diese Frage war vergleichsweise einfach. Sie war auch lösbar, denn ich schrieb an Vermieter und an Arbeitgeber gleichzeitig.

Niemand sagte ein Wort über meine Korrespondenzen. Und sobald jemand den Tisch zum Essen brauchen wollte, räumte ich alles beiseite.
Eines Tages kam ziemlich zerknittert der Brief an, den ich Adam vor Monaten geschrieben hatte. Er trug Stempel, Aufkleber und handgeschriebene Vermerke von den vielen Umwegen, die er genommen hatte, um in einem Augenblick bei uns anzukommen, wo niemand mehr imstande war, ihm irgendeinen Sinn abzugewinnen. Adam legte ihn nach einem kurzen Blick auf einen Stapel von andern Papieren ohne allzu große Dringlichkeit.

Annette war, obwohl nun nichts mehr sie daran hinderte, unser Baby zu sein, in einen Streik getreten. Sie ließ jedes Gespräch in einen Streit einmünden, starrsinnig, als ginge es darum, mich bei jeder Gelegenheit scheitern zu lassen.
Willst du mich vertreiben? sagte ich.
So etwas sollte eine Mutter nie sagen. Auch dann nicht, wenn sie keinen andern Ausweg mehr vor sich sieht. Adam sah vor allem, wie unsere Jüngste sich weigerte, ihre schmutzige Wäsche aus den gemeinsamen Räumen aufzusammeln. Er bat mich, das Kind fester anzufassen, als wäre er selber nicht betroffen. Wahrscheinlich war er es wirklich nicht. Ich sehe da kein Problem, sagte er nämlich und hatte allen Grund dazu. Denn wenn er etwas verlangte, erfüllte die Tochter sofort seine Wünsche. Bat dagegen ich sie um einen Gefallen, so fühlte sie sich beherrscht.

Sabine kam nun noch später nach Hause als sonst und erklärte, sie hätte einen Freund, der sie wahnsinnig liebe. Man denke an Heirat. Ich hütete mich, zur Vorsicht zu raten, war aber nicht überzeugt, daß das gut genug war, da ja Töchter auch das hören, was man nicht sagt. Als Adam sehr entschieden darauf bestand, daß die Schule erst abgeschlossen würde, versprach sie es bereitwillig, rannte aber dennoch türenschlagend in ihr Zimmer.

Gabi dagegen, die sich sogar jetzt noch Mühe gab, mich zu verstehen, schien mißtrauisch gegen ihren Vater. Sie suchte seine Nähe, und eines Tages ließ sie mich wissen, warum. Sie glaubte nicht an die Schmetterlinge. Sie glaubte, Adam schiebe dieses neue Hobby nur vor, um zu verbergen, daß es eine andere Frau gab in seinem Leben. Vorsichtig versuchte ich ihr das auszureden. Was weißt du schon, sagte meine erwachsene Tochter freundschaftlich zu mir. Mir aber war nicht wohl dabei.

Zwischen Adam und mir herrschte eine neue Art von Schweigen. Die Frage, ob man sich liebte oder nicht, versank völlig unter den Oberflächenspannungen. Es wurde unmöglich, sich dergleichen zu fragen. Wir wußten es nicht mehr. Wir gingen unsern eigenen Alltagen nach, die sich mehr und mehr voneinander unterschieden. Es war, als warteten wir beide darauf, wer das Schweigen brechen würde und wer diese Stille, die ja weniger eine Stille als eine von Echos erschütterte Wortlosigkeit war, länger aushielt. Wir schoben einander die Verantwortung zu, das Unbehagen, die Unzulänglichkeit.

Hin und wieder versuchte ich es. Die Wortlosigkeit ließ sich nicht vertreiben.
Was ich ihm in diesen Wochen sagte, war wie nicht gesagt. Es kam nur dann an, wenn er meine Worte umdrehen und gegen mich verwenden konnte. Wiederholen nützte nichts. Es machte alles nur schlimmer. Er haßte es, mit Wiederholungen belästigt zu werden. Er haßte es fast so sehr, wie er es haßte, wenn ich recht hatte.
Wir schwiegen also. Ich starrte ins Dunkle. Jedesmal, wenn ich aufsah, war der Mond hinter dem Fensterkreuz anderswo, als machte er Sprünge, um sich vor meinen Nachstellungen in Sicherheit zu bringen, und könnte es gar nicht erwarten, bis er sich hinter dem Nachbardach vor menschlichen Blicken und ihren Zumutungen verbergen konnte.

Adam war in Eile. Die warme Jahreszeit schritt voran, seine Raupen hatten die ersten Häutungen hinter sich, sie fraßen und wuchsen, um sich wieder zu häuten, und immer mehr umgekehrte Fünflitergläser reihten sich in soliden Gestellen. Das Wasser für die Futterpflanzen mußte ständig erneuert oder wieder abgedichtet werden, wenn doch einmal einer von den künftigen Schmetterlingen hineingefallen war.
Ich hörte Adams Stimme aus der Küche, wo er mit einer unerbittlichen Ausführlichkeit, die ich anderswo schon gehört zu haben meinte, den Töchtern seine Strategien erläuterte. Es ging offenbar

doch nicht nur darum, endlich etwas Lebendiges um sich zu haben. Man schien auch das Töten lernen zu müssen.
Willst du sie aufspießen? sagte ich.
Das ist üblich, gab Adam kopfschüttelnd zurück. Er wollte nicht nur hegen, er wollte auch Ergebnisse sehen. Wer gutes Material anzubieten hat, kann in der entomologischen Zeitschrift inserieren, erfuhr ich. Nachts begann ich daraufhin zu träumen, wie ich seine Falter, kaum daß sie sich aus den Puppen herausgearbeitet und ihre Flügel flugtüchtig gemacht hatten, in die Freiheit entließ. Oft wollten sie diese Freiheit nicht, die ja auch so mitten in der Stadt nicht allzu verlockend sein konnte, und blieben auf den Balkonpflanzen oder auf meinen Kleidern sitzen. Aber das waren Träume. In Wahrheit trage ich keine großblumigen Kleider. In Wahrheit ermahnte ich mich zur Vernunft. Und die sagte mir, daß sogar der berühmte Jakob Hübner seine kolorierten Stiche nicht auf summenden Sommerwiesen, sondern nach präparierten Leichen angefertigt hat.

Monatelang war ich, während ich unermüdlich weitersuchte, froh darüber gewesen, daß es so schwierig war, eine Wohnung zu finden, und noch schwieriger, zu einer Arbeit zu kommen. Ich hatte gar nicht die Kraft, neu anzufangen. So kam es mir vor. Erst später merkte ich, daß es nicht daran fehlte, sondern an der Kraft, alles, was zwanzig

Jahre lang mein Leben gewesen war, im Stich zu lassen.
Darum war es für mich zwar eine Überraschung, als an einem und demselben Vormittag eine kleine Wohnung auftauchte, die nicht vollkommen unbezahlbar, am falschen Ende der Stadt oder schon vergeben war, und die Möglichkeit, eine Aushilfsstelle in einer Landgemeinde anzunehmen. Aber mir schien es keine schöne Überraschung, vielmehr ein unangenehmer und fast schon unerwarteter Rippenstoß, der mich daran erinnerte, daß mein gewohntes Leben wirklich zu Ende war. Ohne weiteres Nachdenken und mit Schwindelgefühlen unterschrieb ich Verträge. In der Zeit, die mir noch blieb, begann ich zögernd zu überlegen, was ich, wenn es soweit war, einpacken mußte. Meine Kleider, jeden Gegenstand, mit dem wir gelebt hatten, ja die Wände selber und die vertrauten Räume, die von ihnen gebildet wurden, sah ich mit andern Augen an. Das war einfacher, als die vier Menschen, die meine Familie waren, mit andern Augen anzusehen.
Außerdem fürchtete ich, das Leben könnte schwer oder unerträglich werden ohne die nächtliche Nachbarschaft eines andern Menschen, der in einem andern Rhythmus atmet, einschläft und aufwacht. Hier irrte ich mich. Es sollte sich bald zeigen, daß das nicht nur einfacher, sondern meistens auch besser war. Daß es ganz andere Dinge sind, die auf schwer erträgliche Weise fehlen, wußte ich noch nicht. Das Aufwachen aber war wirklich etwas anderes, wenn ich es allein tun mußte.

Wie also aufwachen? Am besten gar nicht. Warum soll ich mich nicht von der Wiederkehr der Züge in den Schlaf singen lassen und an meine Freundin denken, die damals kaum das Ende der Schulzeit abgewartet hat, um einen Mann zu heiraten, den sie kaum kannte und dem sie doch, weil gerade in jenem Jahr ihre Mutter starb, in ein fernes Ausland folgte, ohne mir eine Adresse zu hinterlassen, so daß ich sie seitdem oft vermißt habe? Mir war, als wäre sie unvermutet vor der hitzigen Musik des Karussells, um das sich die sehnsuchtskranken Jugendlichen damals versammelten, davongelaufen und hätte eine von den Achterbahnen bestiegen, auf deren Schienen wir, wenn wir erst einmal Platz genommen haben, in unerbittlicher Fahrt in ihre Höhen und Tiefen gezogen wurden. Nur daß man aus einer solchen Bahn am Ende wieder aussteigen konnte. Sie aber blieb in der Ferne.

Vergeblich wartete ich auf eine Gelegenheit, mit den Töchtern über das zu sprechen, was passiert war. Solche Gelegenheiten ergeben sich nie von selbst. Das wurde mir bald klar. Sie ließen sich aber auch nicht herbeiführen. Sie wußten meine zaghaften Versuche jede auf ihre Art bald in eine Richtung zu wenden, in der es leicht war, von etwas anderem oder gar nicht mehr zu reden. Oft klingelte das Telefon in einem solchen Augenblick. So brachte ich nie mehr als zaghafte Versuche zustande. Ein weiterer Grund dafür war, daß

ich nicht wirklich daran glaubte, meinen Töchtern die Ereignisse verständlich machen zu können. Zum einen hatte ich sie selbst noch nicht verstanden. Und zum andern standen sie mit ihrer Einschätzung von Leben und Liebe an einem so andern Ort, daß ich zweifelte, ob sie irgend etwas begreifen konnten von den Erlebnissen ihrer Eltern. Und drittens fand ich, daß das, was am meisten weh tat, nur Adam und mich etwas anging. Und was sollte ich sagen, wenn das Wichtigste nicht dabei war?
Ich versuchte es trotzdem.
Ich versuchte ihnen zu sagen, daß ich sehr traurig und ziemlich wütend war, und daß die Ursachen dafür irgendwo in unserer gemeinsamen Vergangenheit liegen mußten.
Ich versuchte es einzeln.
Gabi nickte verständnisvoll. Sie schien überhaupt nicht neugierig zu sein. Ich hatte den Eindruck, daß sie mehr wußte als ich und das, was sie wußte, auch besser einordnen konnte in gewisse grundlegende Kenntnisse vom Menschen, was mir, so lange ich durch allzu große Nähe behindert war, nicht gelingen wollte. Sie schien geradezu bereit, mir in meiner schwierigen Lage zu helfen. Das war mir so neu, daß ich erst herausfinden mußte, auf welche Weise ich von einem derart zerbrechlichen Angebot Gebrauch machen konnte.
Auch Annette konnte ich trotz ihrer fünfzehn Jahre nichts Neues mitteilen. Ich traf sie in der Küche, über ein Schälchen gebeugt, in dem ein Stück Zucker in Wasser schwamm. In ihrer einen Hand hielt sie den haarigen Leib eines Falters, der

sich heftig wehrte, in der andern eine Stecknadel. Damit stocherte sie im aufgerollten Rüssel des Insekts und versuchte, ihn in den zuckrigen Saft zu tauchen.

Hast du einen Augenblick für mich?

Sie rührte sich nicht. Als der Schmetterling seine Gegenwehr aufgab und wie tot zwischen ihren Fingern hängenblieb, sagte sie: Endlich.

Wie meinst du das?

Siehst du nicht? sagte sie. Er hat es begriffen.

Was?

Das Saugen.

Interessant, murmelte ich. Dann leitete ich auf ein paar Umwegen zu dem über, was mich quälte. Aber was ich gerade mit einer monströsen Hilflosigkeit erlebte, war ihr vom bloßen Zuschauen längst durch und durch vertraut, und zwar in zahllosen Varianten mit mehr oder weniger Unglück und diesem oder jenem Ausgang. Sie schüttelte nahezu ungläubig den Kopf, als ich ihr zu zeigen versuchte, wie schwierig die Lage für mich war. Herauszufinden, wie schwierig die Lage für sie war, war unmöglich. Angesichts der vielen Lebenserfahrungen, die sie am Bildschirm gemacht hatte, schüttelte sie nur mitleidig den Kopf, als sie meine Vermutung heraushörte, sie könnte Hilfe brauchen, um sich in unserer gegenwärtigen Familiensituation zurechtzufinden.

Das ist nichts Ungewöhnliches, Mama, sagte sie.

Daß auch sie jetzt Mama sagte, tröstete mich ein wenig.

Mit Bine zu sprechen, schien mir am wenigsten schwierig, wenn man einmal von der Schwierig-

keit absah, nicht mehr Bine zu sagen. Schließlich war sie es, die seit längerem darauf bestanden hatte, selbständig zu sein, um mir jede fürsorgliche Reaktion abzusprechen. Ausdrücklich hatte sie sich gewünscht, ich möchte einmal etwas Verrücktes tun und nicht auf so langweilige Weise erwachsen sein. Das würde ihr das Leben erleichtern, hat sie gesagt. Darum bat sie mich oft und eindringlich, nicht mehr ununterbrochen ihre Mutter zu sein.
Ich hatte damals nicht gewagt, ihr zu sagen, wie schwer mir das fiel, und nicht nur, weil es mir unnötig schien. Nun aber, da ich ihre Weisheit brauchte, gab sie mir zu verstehen, daß sie mich verantwortungslos fand, weil ich vernachlässigte, was meine Aufgabe war. Früher, erinnerte sie sich jetzt, habe man mit mir reden können. Ich sei immer dagewesen, wenn man mich brauchte. Außerdem könne sie nicht mitansehen, wie mein Ehemann unglücklich sei.
In deinem Alter, sagte ich, ohne den Satz zu vollenden. Am liebsten hätte ich diese drei Worte sofort zurückgenommen, wie man es oft tut im Gespräch mit Menschen, die so gut wie erwachsen sind, vor allem dann, wenn man sie nicht auf die Widersprüche in ihren Äußerungen aufmerksam machen möchte. Sie sagte nichts, sah mich aber an, als sei es völlig undenkbar, daß ich irgend etwas über ihr Alter wissen könnte. Zwar ließ sich nicht leugnen, daß ich selber einmal in diesem Alter gewesen sein mußte, aber das gab mir nicht das Recht, Erfahrungen aus einer andern, längst vergangenen Welt auf die jetzige anzuwenden.

Von mir aus kannst du gehen. Du siehst ja, daß wir zurechtkommen.
Was würdest du tun? fragte ich sie, als es mir tatsächlich schwerfiel zu wissen, was das richtige war, und ich nicht einmal wußte, wie unter diesen neuen Umständen meine alte Rolle weiterzuspielen wäre. Plötzlich wurde von mir erwartet, so über die Maßen erwachsen zu sein, wie ich es noch nie sein mußte. Ich sollte wieder für alle mitdenken, dasein und darüber hinaus wissen, was für jede einzelne nicht das beste, sondern das einzig richtige war.
Es kommt nicht darauf an, was ich tun würde, sagte sie. Du wußtest doch sonst immer, was richtig ist.

*I*ch schwankte zwischen Aufbruchsstimmung und Schuldgefühl.
Es gibt noch etwas anderes, sagte ich jeden Tag zu mir, es gibt noch vieles andere, was du mit so einem Schmetterlingszüchter nie erleben könntest. Der Mensch ist kein Schmetterling. Du bist keine Puppe. Fliegen ist nicht die Vorstufe des Todes.
Und könnte es nicht sein, daß unsern Töchtern, wenn sie ohne mich zurechtkommen müssen, die neue Selbständigkeit Freude macht und ihnen das Erwachsenwerden sogar erleichtert? Ein andermal stellte ich mir das Gegenteil vor: sie werden zwar schnell erwachsen aussehen, aber in Wahrheit für immer unvollständig bleiben, weil ich

mich jetzt davonmache und sie verlasse, statt für sie jene unverbrüchliche Windstille bereitzuhalten, die sie brauchen, um das tragende Geäder ihrer Flügel aufzupumpen und schön und flugfähig zu machen. Das ist nicht wahr wie das meiste, was mir durch den Kopf geht: nicht ich mache mich davon. Sie wollten mich nicht mehr. Sie konnten nicht einsehen, warum ich ihren Vater unglücklich machen wollte. Und warum denke ich schon wieder, ich sei die Ursache von alldem? Hat nicht er mich vertrieben?

Als ob es darauf ankäme.

Wie alle Mädchen müssen sie auf ihre eigene Art eine Frau werden, und wie so oft steht ihnen ihre Mutter dabei im Wege. Vielleicht fällt es ihnen leichter, wenn sie mich nicht den lieben langen Tag in meiner Kläglichkeit vor sich sehen müssen als eine Klippe, die sie zu umschiffen haben? Vielleicht wollen sie unter diesen Umständen überhaupt keine Frauen mehr werden? Wenn man das wüßte.

Die Älteste lächelte geradezu nachsichtig und sagte: Ich will keine Frau werden. Ich bin es schon. Als ich sie erstaunt ansah, fügte sie hinzu: Es ist leicht, eine Frau zu werden.

Wie schön wäre es, wenn sie recht hätte. Dann müßten wir unsere Kinder nur einmal gebären und nicht die Prozeduren bei jedem neuen Entwicklungsschritt wiederholen und so lange wiederholen, bis wir vom jahrelangen Gebären müde und ungeduldig geworden sind. Das sagte ich ihr nicht, weil ich mir nicht vorstellen konnte, daß sie ausreichend erwachsen war, um auch das zu

verstehen. Aber vielleicht irrte ich mich sogar darin.
Mir kamen meine Jahre als Mutter vor wie nahezu zwei Jahrzehnte Geburtshilfe bei unregelmäßig wiederkehrenden Häutungen. Die Schwierigkeit bestand jedesmal darin, den Augenblick nicht zu verpassen, wo etwas, was bis dahin nicht nur gut und schön, sondern dringend erforderlich gewesen war, falsch oder wenigstens überflüssig wurde und unbedingt unterlassen werden mußte. Und unbedingt heißt unbedingt. Kleine Fehler dürfen einem nicht unterlaufen, wenn die Kinder ins nächstgrößere Hemd schlüpfen.
Und jetzt weiß ich nicht, was gebraucht wird. Die elementarsten Fragen sind unbeantwortet. Wird eine Mutter gebraucht, die allein lebt und damit wunderbar zurechtkommt? Oder wird eher verlangt, daß sie unglücklich ist, ihr Unrecht einsieht und ihre Tage in Trauer verbringt?
Mit diesen und ähnlichen Fragen ging ich meine zukünftige Wohnung ausmessen.
Ein außerordentlicher Augenblick war das. Durch vollkommen leere Zimmer gehen, ein frischgestrichenes und ein verwohntes, die das innere Auge beglücken durch den festlichen Aufzug von Möglichkeiten, wie es zum Leuchten zu bringen wäre, von der gewissermaßen männlichen Entschlossenheit tiefdunkler Farbtöne über pudrige Seelenfarben bis zum ungemischten, womöglich mit Kobalt oder einem chlorgrünen Stich aufgehellten Weiß. Nichts beflügelt den Blick in die Zukunft mehr als ein Zimmer, wenn es sich leer, klingend von Echos, aber frei von Ballast und Erinnerung

erwartungsvoll vor uns ausbreitet. Groß sollte es natürlich sein und mehr als ein Fenster haben, um dieses Gefühl des Neuanfangs auch wirklich und so unwiderstehlich auszulösen, daß einem für einen Augenblick das Herz stockt, bevor es heftig gegen seine Wände zu schlagen beginnt.
In diesen beiden halb unterirdischen Zimmern gab es nichts auszumessen. Sie waren klein, genügten aber.
Nie ist es mir gelungen, auch nur ein einziges Zimmer in diesem Zustand des Aufbruchs zu belassen. Wie von selber beginnen sie sich zu füllen, die Zimmer. So auch hier. Ein Bett, ein Tisch, ein Stuhl, ein Schrank, dagegen ist im Ernst nichts einzuwenden, nur bleibt es dabei nicht, kaum lasse ich einen Gegenstand, ein Möbelstück zu, zieht es andere geradezu magisch an, und selbst wenn ich mich vorsehe, dauert es gar nicht lange, bis sich so ein Möbel mit Erinnerung vollsaugt, dazu sind Souvenirs gar nicht nötig, es geschieht von selber, allein schon die Art, wie Stuhl und Bett einander gegenüberstehen, kann eine Bewohnerin mit den besten Absichten unversehens einbrechen lassen in den Sog von Erinnerungen, deren Strudel uns nicht mehr freigibt und, so lange du auch darum kämpfst, dich im Kreis dreht, herum und herum, aber bevor du dich einrichten kannst in diesem Rundum, ist da ein Ruck, ein Moment des Schleuderns, und schon geht es weiter, anders herum, falsch herum, anderswohin, und in deiner Verwirrung erkennst du nicht, was alles vorbeigedreht wird, wie Dörfer und Berge bei den Warteschleifen über kleinen Ländern. Die Landung ist un-

sanft. Mir ist, als könnte ich erst ganz unten heraustreten aus dem Erinnern und etwas anderes ins Blickfeld bekommen. Gerät dein Stuhl auch nur kurz in diesen Strudel, ist der Ballast gleich wieder da, wie ein Fliegenfänger, den du, einmal berührt, und wär's auch nur mit einer Fußzehe oder einer Flügelspitze, nie mehr verlassen kannst. Rettung von außen? Wie denn wohl? Du weißt genau, daß ein neuer Stuhl nicht viel hilft.

Nachts in der Dunkelheit, wenn dein Auge, erschöpft von den ungewohnten Unterrichtsstunden mit den ungewohnten Kindern am Tage, sich verabschiedet hat, nimmt auf diesem Stuhl ein Kind Platz, das du nicht kennst, obwohl du es ein paarmal gesehen hast, klein, wie wir alle schon waren, es hüpft hinauf, weil seine Beine zu kurz sind, dann baumeln sie in der Luft, ein Schuh ist schlecht gebunden und fällt bald ab, dann der andere, die Strümpfe darunter, die kennst du. Vielleicht kennst du auch das Kind, obwohl du es noch nicht gesehen hast. Du versuchst zu denken, das kannst du. Jetzt kannst du es nicht. Dabei trägt es ein Kopftuch, das du kennen solltest, ein gelbes, mit Faltern darauf, Vanessa antiopa, schwarz wie die Seelen der Toten mit ihrem Punktesaum in Taubenblau. Es ist vollkommen still, obgleich das Kind schreit. Dann hält es sich die Ohren zu, weil ein Dröhnen durchs Zimmer geht. Es sieht dich an und spricht. Wie aber sollst du etwas verstehen, wenn der Zug so laut ist? Sobald der Zug vorbei ist, hört es auf zu sprechen. Wer versteht schon etwas, wenn die Züge fahren? Auch damals haben wir nichts verstanden, wenn wir an den Sommernachmittagen gewinkt haben, obwohl wir viel älter waren als dieses Kind. Ich ging schon in die Schule. Dann ist man doch groß genug, um zu wissen, warum ein Vater winkt oder nicht winkt, obwohl er winken sollte, wenn man sich verabschiedet und in ein neues Zimmer zieht, in eine neue Schule geht und eine neue Freundin findet, mit der man diesen Zügen zusieht, die es in der alten Wohnung nicht gegeben hat, den schnellen mit ihren Fenstern und Menschen und, wenn der Abend früh kommt, mit Lichtern, und den andern, den endlosen rostüberzogenen verwitterten Waggons mit ihren verschlossenen Türen, hinter die niemand schaut, wenn sie vorbeirasseln, zwanzig, vierzig, sechzig, mehr. Oft haben wir sie gezählt. Das Kind schreit. Händchen und Füßchen sind marmorweiß. Ich strecke den Arm aus. Der Apfel neben meinem Kopfkissen fällt zu Boden. Das Kind schreit. Es will nicht auf dem Stuhl sitzen. Zu mir ins Bett will es. Warum auch nicht? Man muß es wärmen. Es schreit. Das Kind ist so kalt wie ein Stein, bevor die Sonne auf ihn scheint.

Inzwischen ist ja auch Winter. Schon lange.

Nein, kein Schnee, keine Schlitten, ein sonniger Morgen. Alle halbe Stunde ein Zug. Die Gegenzüge. Die Züge dazwischen. Und wieder und wieder dieses Jahr, dieses eine einzige Jahr, das ich mir erzähle, als hätte ich es noch immer nicht begriffen. Als gäbe es keine Gegenwart, dabei gibt es sie, mehr als genug davon. Sie ist gesättigt vom Ungewohnten, diese ganze ununterbrochene Gegenwart, und dazu noch getränkt von den Nebeln der Zukunft, aus denen mich die feinen Strahlen einer fernen Sonne und die schwarzen Kammern des Unbehausten anstarren, mal das eine, mal das andere, manchmal, und neuerdings öfter, beides zugleich. Ich reiße die Augen auf, um mehr zu sehen. Ich mache sie zu, um nichts zu sehen. Was ich auch tue, ich höre die Stimmen. Nie hatte ein Jahr so viele Stimmen, so viele Sätze, so viele Wörter. Je mehr ich schweige, und wer allein lebt, schweigt viel, um so mehr Stimmen höre ich. Stimmen kommen immer aus der Vergangenheit. Die Zukunft ist stumm. Wir können unsere eigenen Wörter ausprobieren und daraufhin anhören, wie sie in die Zukunft passen, als könnten wir wählen. Vielleicht können wir es. Die Stimmen der andern dagegen kommen immer aus dem, was schon war.

*D*er Abschied ging schnell, das Aussortieren und Einpacken auch. Das ist möglich, wenn man nicht lange nachdenkt. Der Sommer war fast vorbei. Wir hatten den sonnigsten September seit Menschengedenken, das Gras wuchs noch, in den umliegenden Gärten blühte der Spätsommerflor, die Quitten reiften, hingen sehr gelb zwischen ihren Blättern, außer den Tagfaltern rührte sich dort nichts, Gonepteryx rhamni, Vanessa Io, Pyrameis cardui, und der Septembervogel sang. Vor zwei Wochen hatte er angefangen: klare Glockentöne, die durch die Stille klangen, als hätte er die Jahreszeiten verwechselt. Es war nicht Frühling.

Ich wußte nicht, warum er sang, der Buchfink, die Grasmücke oder der Rotschwanz. Im Leben sind ja, im Gegensatz zum Kino, wichtige Szenen normalerweise nicht von Musik begleitet.
Jetzt sind es Stereoanlagen in den Zimmern über mir, die die Hintergrundmusik liefern. Kein Vogel. Die Luft in meinem Schlafzimmer füllt sich mit den Vibrationen der Bässe und gibt sie an mich weiter. Manches kommt mir bekannt vor. Nur daß die Musik unserer Töchter nicht so laut war.
Ab und zu kommt mich eine besuchen in meinem Souterrain gleich unter dem Bahndamm. Fünf Stufen hinunter, die Wohnung ist nicht feucht, und kaum hat man die Tür geschlossen, bricht ein ungeheures Donnern los, weil draußen ein Zug vorbeifährt. Die Züge sind heute sauber. Kein Ruß mehr wie früher, als die Dachverglasungen der Bahnhöfe in verschiedenen Schattierungen einer Graubraunskala verdunkelt waren und mit dem Alter der einzelnen Scheiben ein unerschöpflich im Wandel begriffenes Mosaik bildeten in Farben, die auch auf alten Fotos vorkamen, wo sich über viele Jahrzehnte kaum etwas so überzeugend fotografieren ließ wie Bahnhöfe, während später, gerade rechtzeitig zur allgemeinen Ausbreitung des Farbfilms, die Lokomotiven aufhörten, Qualm auszustoßen, und die Züge statt dessen alle fünf Jahre in neuen prächtigen Farben angestrichen wurden, so daß sich an ihnen für spätere Generationen, wenn sie sich noch für uns interessieren sollten, eine Kulturgeschichte des zwanzigsten Jahrhunderts wird ablesen lassen. Nur die verein-

zelten lichthellen Flecken in den gläsernen Bahnhofshimmeln, wo Scheiben ersetzt wurden, die sieht man heute nicht mehr. Starkstromfelder, da wir sie nicht hören und nicht riechen und schon gar nicht fotografieren, stören uns nicht.
Auch die Erinnerung täuscht. Sie malt mir die Jahre, in denen ich dem Lärm der Nähmaschine und der Züge zugehört habe, als eine stille Kindheit, in welcher nichts zu sehen und nichts zu hören war außer dem Summen der Hummeln, dem Knirschen der Gräser, wenn ich mich im Sommer unter die Grasblüten legte, das lautlose Ziehen der Wolken, Kornblumen, Mohn, die weißen Samensegel auf ihren Reisen, die verwirrten Wege der Schmetterlinge, Schafgarbe, Skabiosen und Hirtentäschel, die bleichen Rosetten der Disteln, wie sie an Bahndämmen wachsen, kriechende Pflanzen, die ihre Ausläufer ausbreiten, auf der Suche nach doch ein wenig Feuchtigkeit, Gewächse mit Wüstenverhalten wie heute auf den dürren Landstrichen des Bahnhofsgeländes, all den vergessenen Quadratmetern in seiner Umgebung, auf Trümmern, wenn langsam nach seinen eigenen Gesetzen das Leben zurückkehrt. Volle Stunden zählte die Uhr. Dazwischen war nichts. Bloß Zeit.
Drei Töchter, und alle drei finden mich jetzt unmöglich. Ich hoffe, daß sie bald damit aufhören. Ich vermisse sie. Ich habe versucht, Fotos von ihnen aufzustellen, und das macht es nur schlimmer.
Du hättest das nicht tun sollen, sagt die mittlere.
 Was hätte ich nicht tun sollen?

Alles.
Sie war offensichtlich der Meinung, daß alles ich getan hatte, aus meinem eigenen unerforschlichen Antrieb, wenn sie nicht sogar im Auftrag der andern sprach. Eine Familie von Opfern. Erwachsen sollte sie werden, aufhören, das Kind zu sein, welches meint, ihre Mutter habe die ganze Welt eigens für sie eingerichtet, und von dieser Meinung nicht ablassen, wenn sich mit der Zeit herausstellt, daß diese Welt gar nicht so makellos ist, wie sie sein sollte. Ich konnte mir gut vorstellen, wie sie später in einer Runde anderer kinderloser Frauen darüber klagte, daß Mütter etwas wahrhaft Schreckliches seien. Ich kenne Frauen, die das mit vierzig noch tun.
Warum sagst du nichts? fragte sie.
Ich denke nach, antwortete ich wahrheitsgemäß.
Erschrocken korrigierte ich mich: Ich bin so froh, daß du da bist.
Sie sah, da sie auf meinem Bett saß, während ich noch am Tisch lehnte, überrascht zu mir auf.
Wie geht es deinem Freund? sagte ich.
Sie schaute mich an, als wüßte sie nicht recht, wovon ich sprach. Dann winkte sie ab. Ich verstand ihre Handbewegung so, daß es nicht nur ihre Heiratspläne, sondern die ganze Liebschaft überhaupt nicht gab und nie gegeben hatte außer als einen Versuch, die allgemeine Aufmerksamkeit von mir abzulenken, und daß folglich etwas viel Schlimmeres passiert war, als wir damals dachten, nämlich daß sie sich unglücklich verliebt hatte in einen Mann, den sie nicht bekommen konnte,

mein armes Kind, dachte ich, und darum sagte ich in der Hoffnung, mich diesmal nicht zu irren: Ist es schlimm?

Das erlaubte ihr, die notwendige überlegene Position wieder einzunehmen. Das heißt, sie schüttelte bloß ihren schönen, mächtig behaarten Kopf.

Was tust du hier? sagte sie.

Ich wohne hier, erklärte ich. Ich esse und schlafe. Oder ich schlafe nicht. Und von montags bis freitags arbeite ich.

Noch vor einem Jahr hat sie darauf bestanden, daß ich mein Leben ändere. Jetzt jedoch, da sich mein Leben wirklich sehr geändert hat, zerstört es das ihre. So sagt sie, wenn man lange genug wartet. Sie meint, ich hätte ihre Welt aus den Angeln gehoben, weil ich mich in einem Souterrain eingerichtet habe, statt ihr wie bisher den Haushalt zu führen. Inzwischen hat sich herausgestellt, daß das ein Irrtum war. Aber nicht so, wie sie meinte. Es ist doch eher so, daß meine und nicht ihre Welt aus den Angeln gehoben ist.

Und Adam? Will er damit in Ruhe gelassen werden? Er hat doch früher die Geschichten von Adam und Eva so geliebt. Aber das war, als er noch meinte, wir hätten die Vertreibung aus dem Paradies schon hinter uns, und zwar als etwas Gemeinsames. Für das Paar in der Geschichte ist ja kein Abschied vorgesehen, nur ein Umzug.

Mach es nicht schlimmer, als es schon ist, sagt er.

Fairneß ist sein Wort. Sein Handeln ist anders.

Er kommt nicht hierher. Aber er läßt sich besuchen. Man muß ihn nur vorher anrufen. Er ist beschäftigt. Seine Schmetterlinge schlafen, sei es

in der Form von Eiern, Raupen, Puppen oder der von einjährigen Faltern. Adam aber will die nächste Saison nach allen Regeln der Kunst vorbereiten.
Er sagte das so, als meinte er etwas ganz anderes, das er mir verschweigen wollte. Er versuchte, den Eindruck zu erwecken, daß er nicht nur gut zurechtkam ohne mich, sondern daß das Leben, wie es jetzt war, ihm besser gefiel als unser altes. Ich sah, daß seine Hose genäht werden mußte. Warum sollte ich es nicht tun, dachte ich, wenn sonst niemand die Sache in die Hand nahm? Wie aber sollte ich ihm das anbieten, ohne seine Fassade zu beschädigen?
Zwanzig Jahre war es her, daß wir unsere Hochzeitsreise gemacht hatten. Adam und Eva unterwegs. Keine Schlangen in den Bäumen. Andere fuhren auf sonnige Inseln, wir in italienische Totenstädte, und in einer holprigen grasüberwucherten Straße aus steinernen Häusern, in denen vor zweitausend Jahren die Toten gewohnt hatten, es ging auf den Abend zu wie bei der berühmten Szene im Paradies, als der Tag schon kühl geworden war, und das senkrechte Licht des Südens hatte einer ins Diffuse versinkenden Helligkeit Platz gemacht, stockte unser Schritt, weil sich zu unsern Füßen eine lange Reihe von haarigen Raupen so beim Schwanz gefaßt hielten, wie wir es nur von Elefanten kannten, wenn sie Zirkusmanegen betraten. Sie waren unterwegs, und ich hätte gern gewußt, wohin. Das aber haben wir nicht herausgefunden, weil Adam mit einem lächelnden Seitenblick auf unsere neuen goldenen Ehe-

ringe die erste Raupe ein paarmal so drehte, daß sie bald unterwegs war auf die letzte zu und dann, als sie diese erreicht hatte, deren Hinterteil ergriff und hinter ihr herging, so daß es schon bald keine erste und keine letzte Raupe mehr gab, sondern nur noch eine Reihe von ununterscheidbaren Individuen, die im Kreis hintereinander herliefen. Der Finger, mit dem Adam den Pelz der Raupe berührt hatte, entzündete sich für Tage und vergiftete unsere gemeinsame Lebensfreude für Wochen, als hätten wir Strafe verdient für einen solchen Eingriff in die abendlichen Gewohnheiten von Raupen.

Adam war damals voll von Erwartungen. Welchen seiner hochfliegenden Träume hat ihm das Leben erfüllt? fragte ich mich später, vor allem dann, wenn ich ihn auf dem Balkon hantieren oder mit den Kindern über Verpuppungsstadien und Verfärbungen verschiedener Art diskutieren sah. Kaum einen. Was hatte er nach zwanzig Jahren? Drei Töchter und eine Frau in einer mittelgroßen Stadt mit viel schlechtem Wetter und einen Posten, der ihm erlaubte, ein Leben zu finanzieren, das er nie wirklich gewollt hatte. Daraus folgte, daß er sich nichts sehnlicher wünschen konnte, als irgendwann, bevor es zu spät war, noch einmal neu anzufangen und der Mann zu werden, von dem er damals geträumt hat. So sehe ich es.

Wie großzügig von dir, sagt er, wenn ich ihm das heute zu erklären versuche, und dazu erscheint dieses Lachen, das aus einem tiefen, unberührbaren Unglück kommt und den Menschen so zur Verzweiflung treibt, daß er nicht nur seinen Vor-

teil nicht sieht, sondern, wenn er ihn sieht, ihn dennoch verschmäht, als würde jeder Vorteil den Menschen ins Unrecht setzen und wäre nur ein Umweg zum Unglück, zu womöglich noch mehr Unglück, oder, wenn es das nicht gibt, zu Unglück von einer noch nicht durchschaubaren, bedrohlicheren Art, als es bekanntes Unglück je sein kann. Dabei rührt ja die Angst vor zukünftigem Unglück immer aus schon bekanntem, älterem Unglück her, und zwar deshalb, weil es zu allem, was uns daran bekannt sein mag, wie beim Mond, der uns durch die sonderbaren Zufälle seiner Drehungen immer das gleiche, wenn auch zu- und abnehmende Gesicht zuwendet, noch eine unbekannte Rückseite gibt, auf der das wahrhaft Entsetzliche sich zu verbergen pflegt.
Ratlos starre ich ihn dann an, und er steht auf mit den Worten: Du kannst mich mal.
Ich stehe auch auf, sehe mit einem Blick, daß die Töchter lautlos die Wohnung verlassen haben, ziehe den Mantel über und gehe in die falsche Richtung, um ein paar von den Umwegen zu machen, die ich mir angewöhnt habe, um nicht zu merken, daß es von Adam bis zu meinem neuen Zuhause nur ein Katzensprung ist.

Am Anfang war da noch dieser Wunsch zu erklären, warum wir jetzt so lebten, und das heißt, warum ich eine intakte Familie verlassen hatte. Ich schrieb einen langen Brief an Adams Schwester, in welchem es mir überhaupt nicht gelang, ausreichend Licht auf ein dunkles Jahr zu werfen. Brunhilde rief mich aus der Ferne an, um zu sagen, daß sie nicht überrascht war, weder darüber, daß ich weggezogen war, noch darüber, daß ich es nicht erklären konnte.

Hat Adam dir alles erzählt?

Das hatte er nicht. Ich verstummte für eine Weile, weil es mir den Atem verschlug, daß Adam nicht den Mut aufbrachte, seiner eigenen Schwester so wichtige Veränderungen in seinem Leben zu berichten. Aber hatte nicht auch ich mich in dieser schwierigen Zeit von der Verwandtschaft zurückgezogen und sogar Freundinnen, die mir hätten unter die Arme greifen können, gemieden? Vielleicht hatte sein Schweigen nichts mit fehlendem Mut zu tun. Vielleicht war es Unglück, das ihm die Sprache verschlug. Oder er hoffte insgeheim, ich würde zurückkommen. Wenn das der Fall war, wußte er es gut zu verbergen.

Wie wird es weitergehen? fragte ich schließlich ins Telefon.

Was glaubst du? sagte Brunhilde, die sich mit einem Leben ohne Familie seit langem auskannte.

Wie soll ich das wissen. Ich weiß ja nicht einmal, ob ich so allein überhaupt leben kann.

Brunhilde war überzeugt, daß es lernbar ist, und versprach, mich zu besuchen.

Mit der Zeit verschwand der verschwommene Wunsch, aller Welt zu erklären, warum ich so gehandelt hatte, wie ich gehandelt hatte. Und nicht nur, weil ich dazu unfähig war. Mir war wichtiger, erst einmal selbst mehr zu wissen über diese drei Wochen, die aus meinem Leben ein Stück herausgeschnitten hatten, das sich von da an meinen Versuchen, es auf irgendeine Art wieder einzusetzen, so hartnäckig widersetzt hatte. In meinen Gedanken geisterten Fragen, und je öfter ich mir das Warum zu erklären versuchte, um so undeutlicher wurde es. Es verschwand bald hinter seiner Formulierung, und die Wahrheit begann zu wachsen, ungreifbar, als ein alles durchziehender wortloser Nebel, ein Dunst, der so dicht war, daß er mir das Atmen schwer machte. Immer wieder gehen mir Adam und die Kinder durch den Kopf, eine Prozession von vorbeiziehenden Individuen, die mich übersehen oder anstarren oder geräuschlos rufen, ein Film von nie erlebten und jedesmal neu entstehenden Erinnerungen, dem ich mich nicht entziehen kann, dem ich ausgeliefert bin, bis ich schließlich, um nichts mehr zu sehen, alles Licht um mich herum auslösche, alle Vorhänge und Fensterläden schließe und alle Rollos herunterziehe, bis es dunkel wird, aber es wird nicht dunkel, die Reste von Licht werden dadurch, daß sie bloß durch die Ritzen dringen, greller, als ein Sonnentag sein könnte, und werfen ihren schrillen Schein in jede Ecke, auf jede zugewandte Fläche, auf Vorsprünge und Kanten, und hinter ihnen erscheinen, die kläglichste Beleuchtung unverfroren benutzend, Gespenster.

Auch in der Nacht wird es nicht dunkel, ein Abglanz von Autoscheinwerfern irrt durch die Räume, die Straßenlampen werfen weißgelbes Licht herein, und wenn ein Wind geht, schwanken die Schatten.

Früher konnte man noch, wenn man nachts aufwachte und die Zeit so rieseln fühlte, aufstehen und die Uhren anhalten. Im Zeitalter des Quarzkristalls und der Batterien gehen sie so unerbittlich weiter, als wären sie die Zeit selber. Und wenn ich heute in späten Nächten vor mich hin träume, wenn das Aufwachen sich wiederholt wie eine schlechte Angewohnheit und wenn der Zug im Hintergrund vorbeifährt, so nah wie nie zuvor, so laut wie nie, ruft er aus den Hohlräumen der Vergangenheit Echos herauf, so daß ich nicht weiß, sind es die Züge von heute, die vom letzten Jahr oder die von früher, wenn uns am Fuß des Bahndamms war, als flögen unsere Haare im Fahrtwind, wenn wir berauscht die rostigen Düfte der Eisenbahn atmeten und hinaufwinkten mit offenem Mund zu den Reisenden hinter den Scheiben. Staubiges Glas splitterte Morgen- und Nachmittagshimmel in unzählige Teilstücke auf und spiegelte sie in größter Eile zu uns herunter, um dieses »Ach wenn ich doch mitreisen könnte« aufzuwecken, das in unsern Köpfen schwirrte, wenn sie vorbeischnellten oder vorbeiratterten, und keine von uns sagte jemals ein Wort davon. Wir verstummten, da man sein eigenes Wort nicht mehr verstand, und nicht nur darum.
Gabi, sage ich dann, aber sie versteht mich nicht, weil der Zug lärmt, und weil sie nicht Gabi ist, gar nicht Gabi sein kann, denn Gabi ist schon eine Frau, wir aber am Bahndamm sind Kinder. Wir tragen Zöpfe. Wir sind ganz neu in der Schule, und ich bin ganz neu in der Straße. Und als sie sich umdreht, weint sie, weil ihr Vater gestorben ist, sie

kann niemand anderes sein als meine erste Freundin, die ich nie gesucht, aber endlich gefunden habe, als wir an diesen Bahndamm zogen, nachdem vom Lauf der Zeit alle Liebe zwischen meinen Eltern zerstört worden war und sie keinen Tag länger beieinander bleiben konnten. Wir standen mit unserer Sehnsucht ähnlich stumm unter den Zügen, wie meine Eltern kein Wort über ihre Trennung gesagt hatten, da es Dinge gibt, die sich von selbst verstehen und so unvermeidlich sind, daß Worte sie nur schlimmer machen können.

Gabi, die jetzt erst einmal Geld verdient, will Juristin werden. Nichts als Gerechtigkeit hat sie im Kopf.
Wie geht es dir, Mama, sagt sie.
Das weiß ich noch nicht, sagte ich. Ich muß es lernen. Immerhin hat es zwanzig Jahre gedauert, mein Leben als Haustier.
Töchter fallen angesichts einer solchen Formulierung aus allen Wolken. Manche werden wütend. Gabi nicht. Gabi will es verstehen. Schließlich ist sie die meiste Zeit dabeigewesen in all diesen Jahren. Wir sind spazierengegangen, wenn die Kinder nach draußen wollten, ob ich Lust dazu hatte oder nicht, sind in die Stadt gefahren, wenn eine von euch Schuhe gebraucht hat, ich bin vor euch zu Boden gegangen, wenn ihr sie nicht selber zubinden konntet oder nicht selber zubinden wolltet, wir haben uns an den Tisch gesetzt, wenn eine mit den Hausaufgaben nicht fertig wurde, und

das sind nur die Dinge, die sich sagen lassen, denn der größte Teil dieser Jahre bestand aus all den andern Kleinigkeiten, welche die Bruchteile von Minuten nahezu lückenlos auszufüllen vermochten.

Gabi will auch das verstehen. Dann läßt sie durchblicken, es sei für sie nicht immer einfach gewesen, und die Notwendigkeit, ihre Mutter zu verstehen, laste häufig auf ihr.

Die beiden Jüngeren dagegen klagen, sie seien bevormundet, gegängelt und um ihre Freiheit gebracht worden.

Welche Freiheit? sage ich dann. Die Freiheit, nicht nur alle zwei Minuten etwas von mir zu verlangen, sondern möglichst ununterbrochen? Das ist ungerecht. Ich weiß es. Ich sage es auch nicht wirklich. Ich rede nur vor mich hin, wenn ich allein bin. Junge Frauen haben ein Recht auf ihre eigenen Erinnerungen, und wenn sie noch so sehr von denen ihrer Mutter abweichen.

Und das Glück? werde ich gefragt von dem, was ich meine innere Stimme nenne. Ja, gebe ich zur Antwort, das war es auch. Genau das. All diese Kleinigkeiten.

Jetzt werde ich, von den Arbeitsstunden abgesehen, von niemandem gebraucht, und ich frage mich, werden die Dinge ihren Duft verlieren, wenn ich mich nicht mehr frage, ob das, was ich gerade tue, den andern gefällt?

Es war ja nicht Bescheidenheit, wenn es mir lieber war, daß wir das taten, was ihr wolltet, oder dahin reisten, wohin ihr wolltet, es war vor allem Egoismus, der mich meine Wünsche zurückstellen ließ,

denn an einer Familie, also an einer Handvoll einzelner und sehr unterschiedlicher Menschen, die für jede Panne, jedes kleine Unbehagen unterwegs mich verantwortlich machen würden aus dem einzigen Grund, daß man sich dort befindet, wohin ich hatte reisen wollen, hätte ich keine Freude. Außerdem sollten sie auch lernen, die Verantwortung selber zu übernehmen. Ich kam nie dazu, ihnen anzulasten, wenn mir was nicht gefiel, weil ich schon mehr als zufrieden war, wenn sie es einigermaßen waren. Ihnen gelang es auch so, die Ursachen für die kleinen Unvollkommenheiten des Alltags und ihres oft undurchsichtigen Seelenlebens bei mir zu finden.
Wird mir wirklich etwas fehlen, wenn ich das nicht mehr habe?
Das wird es. Allein schon deshalb, weil das nicht die ganze Wahrheit ist.
Manchmal packt mich ein unvermuteter Haß auf die Menschen, die mit mir durch den Supermarkt gehen, auf die Straßenbahn warten, in den Zug steigen oder die der Alltag sonst an mir vorbeitreibt. Warum? Aus keinem andern Grund als dem, daß sie nicht die richtigen sind. Etwas in mir weist sie mit dem gleichen archaischen Entsetzen zurück, mit dem unsere Kinder sich von Fremden abgewendet haben, als sie sieben Monate alt waren. Nur mit Mühe kann ich dann vermeiden, zu schreien, wegzulaufen oder mir wenigstens die Augen zuzuhalten.
An Sonntagen fahre ich an den See, setze mich auf eine Bank und schaue den Familien beim Spazierengehen zu.

Ich sehe mich um, überrascht, daß mein Bett gar nicht an der Wand steht. Dabei habe ich es gestern so hingestellt. Nicht gestern. Schon letzte Woche. Wie konnte ich das vergessen?
Den Straßenverkehr höre ich gut, wenn die Wagen, von der stadteinwärts gelegenen Ampel zu Konvois von kaum variierender Länge und Dauer geordnet, gleich neben meiner Wand vorbeirauschen und dann verklingen, bis der nächste Geleitzug sich ankündigt. Sehen kann ich sie nicht, diese Wagen, jedenfalls nicht vom Bett aus, denn meine Fenster gehen auf die schmale Durchfahrt hinaus, die dieses Haus vom benachbarten trennt, von seiner in künstlicher Erdfarbe bemalten, aber schon einer beträchtlichen Verwitterung verfallenen Wand mit ihren zwei Fenstern, hinter denen nie sich ein Licht gezeigt hat, als müßte sich dort etwas verbergen wie ein Lagerraum mit vergessenen, unbrauchbaren oder verbotenen Gütern. Wenn man jedoch ans Fenster tritt, die Stirn an die Scheibe lehnt, nach einigem Zuhören die Augen öffnet und schaut, sieht man die Straße, nicht gerade ein Autobahnzubringer, diese Straße, schlechtes Pflaster, aber mit viel Verkehr zu den entfernteren Vorstädten, je nach der Tageszeit, und man sieht da, wo sie in sich zusammenläuft, manchmal sehr fein und wie umgestürzt den Mond, der sich davonmacht, immer aber die Fahrzeuge, stadtauswärts, stadteinwärts, die Häuser auf der andern Seite, genauer, ich sähe sie, denn ich stehe ja nicht am Fenster, ich liege auf meinem
 Bett, ich könnte mich strecken, könnte aber die

Straße nicht sehen, auch wenn ich die Augen jetzt öffnen wollte, wenn nicht dieser Zug wäre, der hinten auf seinem Bahndamm unterwegs ist und mich in einen Schlaf zurückdonnert, der jetzt kein Schlaf mehr ist, immer weniger Schlaf, eher ein Traum, eine Erinnerung, eine Wiederholung von Schlafen und Nichtschlafen, von Träumen, alten Träumen, neuen Träumen, begleitet von einer Musik, die sie sogleich als alte erscheinen lassen und umgekehrt. Es gab Nebeltage, an denen ich dachte, die Zeit bleibt stehen. Dieses Kind mit dem Kopftuch, das auf der Schaukel sitzt oder auf dem Stuhl und Dinge tut, die ich als Kind getan habe, das keine Stimme hat, kaum einen Blick, das eben noch meine Hand gefaßt hielt, kommt jetzt den Bahndamm herunter. Es ist nicht ich. Es lacht nie. Die Sonne scheint ihm aufs Haar. Es bringt Weißdornblüten mit blutenden Händen. Es tropft. Es schneit Blüten. Zwischen Taubnesseln beginnt es zu winken, wenn wieder ein Zug kommt, gleich über mir, um mit seinen Rädern, mit Eisen auf Eisen in den Morgen zu schneiden, bis der letzte Schlaf abfällt.

Mein Bett steht an keiner Wand. Ich kann meine Arme in alle Richtungen strecken, ohne anzustoßen. Dafür ist der Morgenapfel aus dem Bett gefallen. Kein Grund, ihn zu verschmähen. Zeit zum Aufstehen. Das war's. Es ist ein sonniger Morgen.